書下ろし

わすれ落《らく》雁《がん》

読売屋お吉甘味帖②

五十嵐佳子

祥伝社文庫

目次

登場人物

吉《きち》……主人公。菓子処の女中だったが、文才を認められ、読売《よみうり》の女書き手に。

山本真二郎《しんじろう》……絵師。与力《よりき》の息子で剣の腕前もあるが、絵師として生きる。

絹《きぬ》……吉の先輩の女読売書き。吉に厳しくあたるも、仕事熱心。

光太郎《こうたろう》……読売屋風香堂《ふうかどう》の主。隠居予定だったが、女子向けの読売を始める。

清一郎《せいいちろう》……光太郎の息子。女子向けの読売なんて……と、吉や光太郎と対立。

曲亭馬琴《きょくていばきん》……戯作者。金糸雀《カナリア》の世話をしに吉が通ったことで、心を開くように。

よし……夫の死後、鳶《とび》を束ねる女丈夫《じょじょうふ》。読売をきっかけに吉と交流を重ねる。

民《たみ》……吉が幼い頃から働いていた菓子処・松緑苑《しょうりょくえん》の女将《おかみ》。母親のように接する。

松五郎《まつごろう》……松緑苑の元主。吉の父親が店で働いていた縁から、吉に目をかける。

上田鉄五郎《うえだてつごろう》……町奉行所同心《どうしん》。真二郎の幼馴染《おさななじ》みで、吉とも度々《たびたび》顔を合わせるように。

「わすれ落雁」の舞台
加賀藩上屋敷
同朋町曲亭馬琴方
浅草寺
不忍池
米沢町両替屋　えびすや
小梅村
市ヶ谷揚場町
妻恋町
大川（隅田川）
神田川
神田明神
昌平橋
筋違橋
神田
両国橋
江戸城
日本橋
新大橋
万町読売屋　風香堂
八丁堀坂本町吉の長屋
永代橋
深川
赤坂田町菓子処　池田屋
小松町菓子処　翠緑堂
北
西
東
南

その一　茜雲《あかねぐも》ちぎれて

透けるほど薄く白い皮が、あんを包《くる》んでいる。刀の「鍔《つば》」をかたどった楕円《だえん》形の金つば。

黒文字《くろもじ》を差し入れると、艶《つや》やかな大納言小豆《だいなごんあずき》の粒あんがあらわれた。

吉《きち》は器用に切りわけ、口に含む。小麦地の皮のほんのりとした塩気と、小豆の上品な甘さが舌の上に広がった。

味をかみしめるように、目をつぶる。

「……ふっくらと炊《た》かれた小豆、すっきりとした後味……」

口の中から甘味が消えると、吉は小さな声できっぱり言った。

「これこそ……松緑苑《しょうりょくえん》名物の、旦那《だんな》さんの金つばです」

十人並みの器量《きりょう》だが、笑うと愛嬌《あいきょう》がこぼれる。

松五郎《まつごろう》が懐手《ふところで》を解《と》き、顎《あご》に手をやり、感心したように言う。

「おまえほどうまそうな顔をして甘味を食べる奴は、やっぱり他にはいねえな」

「ほんとに。こっちまでいい心持ちになっちまう」

「見ていてあきねえや」

妻の民《たみ》が噴き出した。松五郎は小柄で鶴のように痩《や》せているが、民は顎や頬《ほお》にたっぷりと肉がつき、笑うと目が糸のように細くなる。

鍋に火を入れている松五郎の姿が、吉には見えるような気がした。松五郎は、小豆をぎりぎりまで柔らかく炊きあげる。小豆が崩れないように、なるべく鍋を動かさず、そっと火を入れ続けるのだ。

粒あんが仕上がれば、こしあんと寒天《かんてん》を混ぜ合わせ、形を整えて柔らかく固める。そのまわりに小麦生地を箔《はく》のように薄く伸ばし、ごま油を敷いた鉄板の上で香ばしく焼けば出来上がりだ。

小豆の形を残しているのに、口の中に小豆を包む皮の食感が残らない。餡《あん》の炊き具合が絶妙で、この金つば目当てに松緑苑に通う客も多かった。

「新しいお住まいには慣れましたか」

「まあな。住めば都さ」

恵比須《えびす》顔で松五郎は言った。

松緑苑は、吉が十二歳から二十五歳まで十三年間、働き続けた菓子処だった。

だが松緑苑は松五郎が還暦《かんれき》を迎えたこの年の皐月《さつき》（五月）の節句《せっく》をもって、店を閉じた。

　そして松五郎夫妻は、半月ほど前に、松緑苑の近くの、この二階建の仕舞屋《しもたや》に引っ越した。

　一階には玄関と六畳間、奥に四畳半の部屋があり、その隣に台所の土間と板の間がある。板の間には囲炉裏《いろり》が切られていた。二階には六畳二間があり、隠居した夫婦二人で住むには広すぎるような家だ。庭に目を向けると、形よく刈り込まれた松や躑躅《つつじ》、梅などが夕日に照らされ、赤く染まっている。

「この金つばのことも、とぉんと帖《ちょう》に書くのか」

　民が膝《ひざ》を進めた。吉が「はい」とうなずく。

　字を覚えた六歳から、吉はとぉんと帖と名付けた帳面に、自分が食べた菓子のことを綴《つづ》っている。どんな味だったか、どんな形だったか、舌触りはどうだったか、どんな工夫がなされていたか、器《うつわ》は何か、誰と食べたか。天気はどうだったか。菓子を食べるたびに感じたことをすべて書かずにいられない。とぉんと帖があれば、吉はそれぞれの菓子の味をいつでも鮮やかに思い出すことができる。

松緑苑が店を閉じた後、読売屋《よみうり》風香堂《ふうかどう》で書き手として働くことになったのも、とぉんと帖が取り持ってくれた縁だった。風香堂の主《あるじ》の光太郎《こうたろう》が、吉が落としたとぉんと帖を拾《ひろ》い、目を通したことがきっかけで、菓子の読物の書き手になるように勧められ、思いもよらなかったような日々が始まったのだった。

とぉんと、とは「とぉんとくる」という言葉から頂戴《ちょうだい》した。

井戸端で役者の話をしながら、おかみさんたちがとろけるような表情で「とぉんときちまった」と連発するのを耳にし、胸がドキドキわくわくする言葉と思ったからだ。本当のとぉんとの意味は胸がきゅんとして惚れてしまうというものだったのだけれど。

いずれにしても吉にとって、菓子はとぉんとという言葉がぴったりの特別なものだった。

吉の父親は松緑苑の腕《うで》のいい菓子職人だった。だが父親と母親は、吉が十二歳のときに大火事で取り残された人を助けようとして、命を落とした。

幼い弟妹《きょうだい》を抱いて途方《とほう》に暮れて泣くことさえできずにいた吉に「うちで働いて、弟や妹を育てておやり」と言ってくれたのが民だった。そのときに民からもらった松緑苑の大福の味を、吉は忘れたことがない。

大福の分厚い餅《もち》とあんこの甘さが口の中に広がった途端《とたん》、吉の胸に姉弟三人ばらばらにならずに暮らせるという安堵の思いが広がり、吉は気が付くと、おいおいと声をあげて泣いていた。

以来、菓子は、吉にとって自分を慰《なぐさ》め励ましてくれるものとなった。

はじめて店の前掛けを着けた日から、吉は必死に働いた。一心に働くことで、寂しさや悲しみを紛《まぎ》らわせられることも知った。吉は松五郎と民の庇護《ひご》のもと、松緑苑で育ち、大人になった。弟妹も今では一人前だ。

読売の仕事は、菓子屋の女中仕事とは勝手が違い、戸惑うことも多い。だが、これまで歌舞伎《かぶき》役者の尾上菊五郎《おのえきくごろう》や市川團十郎《いちかわだんじゅうろう》、戯作者《げさくしゃ》の曲亭馬琴《きょくていばきん》、辰巳《たつみ》芸者三人娘の駒吉《こまきち》、人気浮世絵師の歌川国芳《うたがわくによし》などに聞き取りを行ない、好きな菓子を紹介してきた。

読売は江戸人の情報源であり、もっとも手軽な娯楽である。「読売は話三分」と言われ、あることないこと書く読売も多いが、風香堂の読売は間違いがないと評判もとっている。

けれど、吉が書いた読売を手にするたびに、民はため息をついてみせる。

「お吉、おまえはやっぱり菓子屋の看板娘がいっとう似合うよ。女が読売屋の書き手なんて、あたしは今でも納得してないんだ」

またいつものように民は吉を見つめ、心配そうに言った。民の言葉がうれしくないわけはない。でも、吉は眉《まゆ》を八の字にしたまま微笑《ほほえ》むことしかできない。菓子を食べている心持ちになるような、人に喜んでもらえる読物を書こうと吉は決めたのだ。

「お民、がんばっている吉を応援してやるのが、おれたちの仕事じゃねえか。水をさすようなことは言うもんじゃねえ」

松五郎が顎をひき、背筋をたてた。

吉が家路についたときには、すっかり日が暮れていた。


明け方近くまで、屋根を叩《たた》く雨音が聞こえていたが、人々が動き始めるころにはすっかり晴れ上がり、今日も油照《あぶらで》りになりそうだった。

万町《よろずちょう》の風香堂の前は、大八車《だいはちぐるま》や棒手振《ぼてふ》りが行き交《か》い、今日も大賑《にぎ》わいだ。

「当代一の絵師と言ったら、狩野派《かのうは》？　琳派《りんぱ》？　いやいや、北斎《ほくさい》で決まりだ。姐《ねえ》さん、北斎漫画を見たことがあるかい？　にょろにょろと長い首を伸ばし、長煙管《きせる》をふかしているろくろ首、三つ目の入道、その上、変顔づくし。

ただの変顔じゃねぇぜ。親指が入るほど鼻の穴をふくらませて、蠟燭《ろうそく》の炎を消そうとする顔、割りばしを下唇《くちびる》と鼻の穴にぐいっとひっかけた顔、両耳からたらしたひもを鼻の下にひっかけた顔……こんなもんがずらりと並んでやがる。見てるだけで丸一日、笑ってられらぁ。

北斎の絵はなんでもありだ。音羽護国寺《おとわごこくじ》や尾張名古屋《おわりなごや》で、百畳をくだらない大きな紙に、北斎が大筆で大だるまを描いて見せたこともあったな」

艶《つや》のある声で、読売売りの男が通りを歩く人たちに語り掛ける。北斎と聞いて、足をとめる人の姿が増え始めた。男は歌うように続ける。

「鷹狩りの帰りの当代将軍・家斉《いえなり》さまの目の前で、画を披露したのも有名な話だ。刷毛《はけ》で細長い藍《あい》色をすいっと引いた北斎は、やおら、そばに置いていた籠《かご》をとりだした。籠の中に入っていたのは真っ赤なとさかの鶏《にわとり》でぇ。北斎は鶏の足に朱《しゅ》色をぱっと塗って、鶏を絵の上に放しやがった。鶏はコッコッコッと絵の上を歩き……」

「竜田川《たつたがわ》だな」

二重三重に読売売りをとりまいていた人の中から、得意げな声があがる。すかさず、読売売りはその中年男を指さした。

「然《しか》り！　北斎はすました顔で『竜田川でございます』と答えやがった。将軍様ははたと手を打ち大喜びよ。なぜだかわかるか？」

「百人一首十七番『ちはやぶる　神世《かみよ》も聞かず　竜田川　からくれなゐに　水くくるとは』に引っ掛けたんだ」

先ほどの中年男が鼻の穴をますます膨《ふく》らませて答える。お〜〜っと群衆から声が湧いた。

「さすがだぜ、旦那《だんな》ぁ。藍色は川の流れ、鶏の足跡は紅葉《もみじ》。……乙粋《おついき》な趣向《しゅこう》じゃねぇか。

狩野派、オランダの絵、いいと思えばどんどん手法を取り入れ、役者絵、美人画、花鳥画、名所絵、なんでもござれ。今や弟子の数は二百人は下るめえ。

その北斎が、これがなければ夜も日もあけないという菓子を知りたくねぇか？　その菓子をどんなふうに食べているか、読んだら驚くぜ。それが全部、この読売に書いてある」

読売を高く掲げた。声がさえわたる。

「さぁ、買った買った。かけそば十六文、読売はたったの一部四文」

「兄さん、一部おくれ」

次々に手が伸びるのを見て、天水桶《てんすいおけ》の後ろに隠れていた吉はほっと胸を撫《な》でおろした。

一昨日、吉が書き上げた読物に、絵師・真二郎《しんじろう》の絵が添えられた読売だった。ぽんと吉の肩に大きな手が置かれた。振り向くと、その真二郎が立っていた。

「売れ行きは上々だな」

「はい」

「あれほど大胆な絵を描く北斎が下戸《げこ》で甘党ってだけでも、人の話にのぼるぜ」

懐手をした真二郎が、目の端に笑みを浮かべて吉を見た。

真二郎は、風香堂の売れっ子絵師だ。女にしては背の高い吉より頭ひとつも大きく、締まった体をいつも着流しに包んでいる。

絵師としての腕は確かで、このごろでは、読売の挿絵《さしえ》だけでなく、菓子屋や薬屋などの半切り（広告）でもひっぱりだこらしい。

兄は与力《よりき》で、真二郎も並々ならぬ剣を使う。けれど、今は実家を出て、北島町《きたじまちょう》の長屋にひとり暮らしをしている変わり種だった。真二郎がつぶやく。

「……それにしても、きったねぇ家だったな」

吉は北斎の好きな菓子を聞きたいと相談をもちかけたときの、曲亭馬琴の言葉を思い出した。

「おめえ、話を聞きに行くのか？　虱《しらみ》や蚤《のみ》が湧いているような家《うち》に」

虱や蚤と聞いて絶句した吉を見て、馬琴はにやっと笑った。馬琴にはそういう人の悪いところがある。

「先生、冗談はよしてください」

「天地神明《てんちしんめい》にかけて真実《ほんとう》だ」

馬琴と北斎は互いの才能を認め合った仲で、馬琴の戯作に、北斎が挿絵をつけたこともある。北斎が馬琴の家に、居候《いそうろう》をしていた時期もあった。

「うちから出て行ってくれたときは、ほっとしたもんだ」

馬琴はふんと鼻をならした。北斎は、部屋を散らかし放題なうえ、冬はこたつから一歩も出ない。寝転んだまま絵を描き、疲れたらそのままごろりと寝入ってしまう。いつしか北斎の布団には虱が棲《す》みついて家の者は部屋に近づくのもいやがったと馬琴はとくとくと続けた。

両国《りょうごく》の棒稲荷《ぼういなり》神社の近くにある北斎の家を訪ねると、馬琴の言葉は誇張ではないことがわかった。

散らかっているどころではなかった。

入り口に立った途端、獣《けもの》じみたにおいがつんと鼻をついた。

中を覗くと、脱ぎ捨てられた着物、丸められた食べ物の包み、鼻をかんだ紙、汚れた手拭《てぬぐ》い、書き損じの反故紙《ほごがみ》などが床一面を埋め尽くしていた。綿《わた》のはみでた布団のすぐそばに、食べ終えたままの皿や飯碗がおかれ、玉虫色の蠅《はえ》が数匹、ぶんぶん羽音をたてて飛んでいる。

その奥で、古びた紺縞木綿《こんじまもめん》を無造作に着たざんばら髪の男が、一心に筆を走らせていた。それが北斎だった。娘の応為《おうい》もほつれ髪のまま、隣で真剣な表情で筆を持っていた。

吉と真二郎がおとないをこうと、応為はいかにも面倒くさそうにゆらりと立ち上がり、玄関に出てきた。差し出した手土産《みやげ》を躊躇《ちゅうちょ》なく受けとり、その場で包みを開けるや、振り向いて北斎に声をかけた。

「大福だ、食うか？」

「食う」

北斎が顔も上げずに答える。馬琴から、北斎の好物が大福だと聞いて、吉は朝、暗いうちに家を出て、小石川《こいしかわ》まで足を延ばし、江戸でいっとう有名なおたよさんの大福を買い求めてきたのだった。

　応為が顎をしゃくって、ふたりに家にあがるように言った。

「いえ、ここで結構です」

　万が一にも、蚤や虱にたかられてはたまらない。吉たちはかしこまって後ずさったが、応為は床に散らばっていたものをざっと払い、ふたりの通る道と座る分だけの間《ま》をつくった。砂や埃《ほこり》が筋になっている床を進み、吉と真二郎はおそるおそる腰を下ろした。

　すかさず、応為は隣の一膳飯屋に向かって「茶ぁを薬缶《やかん》に入れてもってきておくれ。湯呑《ゆのみ》は四つ」と叫ぶ。すぐさま前掛けをかけた娘がお盆に茶道具を持ってあらわれ、ついでに汚れ物の皿や飯碗を持って帰った。食べ物もお茶もみな、一膳飯屋の世話になっているのだろう。

　ふたりの食べっぷりはすさまじかった。ぐびぐび喉《のど》を鳴らしてお茶を飲みながら、自分たちだけで大福にがぶがぶかぶりつく。

「こりゃ、うめえや」

　北斎がつぶやいた。話を聞くなら今だとばかり、吉は口を開いた。

「小石川御簞笥町《おたんすちょう》のおたよさんの大福でございます」

「ああ、それそれ。黒糖の風味がいい」

ひとつめを食べ終えると、北斎はふたつめに手を伸ばす。

「何か大福餅に思い出がおありとか……」

「んなこと、かんげえたこともねぇや。ん？　おめえらは誰だ。何しに来た」

北斎がようやく顔を起こした。はじめて吉たちがいることに気付いたという顔をしている。

吉は、風香堂の読売に菓子の読物を書いていると話し、見本として馬琴の好きな塩瀬総本家《しおせそうほんけ》の薯蕷饅頭《じょうよまんじゅう》について書いた読売を北斎に手渡した。

知り合いの馬琴という名前を聞いて多少なりとも興味を持ったのか、北斎は読売に目を走らせた。それからおもしろくもなさそうに言う。

「馬琴に会ったのか。偏屈《へんくつ》な男だろ。馬鹿がつくほど凝《こ》り性で、一度へそをまげたら、取りつくしまがねぇ。馬琴の馬は、馬鹿の馬だな。……塩瀬総本家の薯蕷饅頭が好物だと？　あの男がよくまあ、んなことをしゃべったな。どんな手をつかった？」

北斎は値踏みするように吉をじろじろと見た。底光りしているようなぎょろりとした目だ。

「何度もお願いして、やっとお話しいただきました」

「ふぅ〜ん」

北斎が人のことをなんだかんだと言えるかというのは別として、馬琴は確かに偏屈で凝り性だった。

『椿説弓張月《ちんせつゆみはりづき》』『南総里見八犬伝《なんそうさとみはっけんでん》』などの著書がある人気戯作者として有名な馬琴だが、気に食わない者は誰であろうが出入り禁止にしてしまう。

凝り性といえば、最近は、珍しい羽根色や啼き声の金糸雀《カナリア》を百羽以上も飼っていて、その世話に明け暮れている。世話の仕方にもこだわりがあり、家人や女中にこまごまと指示を繰り返し、その通りにしないと癇癪《かんしゃく》をおこすために、今ではみなに煙《けむ》たがられていた。

馬琴が吉のどこを気に入ってくれたのかはわからない。だが、菓子が人並みはずれて好きでたまらず、菓子のことならいつまでも話していられる吉は、馬琴と妙に馬が合った。

ふたつめの大福を食べ終えた北斎は、白玉粉《しらたまこ》のついた指を舐《な》め、三つ目に手を伸ばした。

「北斎先生は本当に大福餅がお好きなんですねぇ。一度に三つも召し上がるなんて」

　感心したようにつぶやいた吉を、応為が目だけを動かしてみた。くたびれてはいるが、藍の地に麻の葉を大胆に白く染め抜いた浴衣《ゆかた》に錆朱《さびしゅ》の細帯という応為の身なりは洒落《しゃれ》っ気《け》があり、やはり絵師ならではのものだった。

「三つなんて序《じょ》の口だよ。この人はあればあるだけ食べる。腹が空《す》いてりゃ、七つや八つは食っちまう」

「八つもですか！　一度に？」

　握りこぶしほどもある大きな大福である。

「飯の上に大福餅をのせて茶を注いだのも好物さ」

　大福一つをようやく食べ終えた応為は、そう言いながら眉《まゆ》を顰《ひそ》め、うへえという顔をしてみせた。すでに四つ目を食べ始めていた北斎は、その表情を目に留めると鼻をならした。

「応為、隣に飯をふたつ持ってこさせろ。この娘に大福茶漬けを馳走《ちそう》してやる」

「大福茶漬け⁉」

　真二郎が目をひんむいた。

「んなもん、食べるもんはいないよ。自分だけにしとけ」

応為は北斎にぴしゃりと言う。だが、吉は「ぜひ！」と身を乗り出した。応為は吉に、くさいものを見るような目を向ける。

「あんた、本気で食べるっていうの？　大福茶漬けなんてもんを」

「へえ、先生がお好きだというものをいただいてみたいんです」

「そりゃまったく奇特《きとく》なこと……」

応為は隣の一膳飯屋に向かって、「飯をふた碗持ってきておくれ」と叫んだ。

運ばれてきた飯を入れた大きな茶碗に、北斎は大福をのせると、どぼどぼと茶を注ぎ、醤油《しょうゆ》をひとたらしして、大福を崩しながら食べ始めた。吉も同じようにした。

あんこの甘さが茶とまじりあう。醤油のしょっぱさが甘味をよけいに引き立てていた。茶の香り、醤油の匂い、さらさらの飯、口の中でねばる餅……真剣な表情で味や香りを確かめるように食べる吉を、北斎はいつしか箸《はし》を止めて見ていた。と、北斎の肩がふるえだした。声も出さずに笑っている。笑いすぎて目じりに湧いた涙を、北斎は指でぬぐった。

「ごちそうさまでした」

吉が盆においた碗の中には、米粒ひとつ残っていない。そこではじめて、吉は自分の顔を見て笑いを嚙《か》みころしていた北斎に気付いた。

かっと顔が熱くなる。またやってしまった。

甘いものとなると、つい夢中で食べてしまう。その姿をさんざん人に笑われ、あきれられてきた。そのたびに反省するのに、甘いものを目の前にすると吉は、何もかも忘れ、味わうことに専念してしまう。

「失礼いたしました。ちゃんと味わいたくてつい……」

「どうでえ」

北斎が身を乗り出す。吉はごくりとつばを呑み込み、膝を進めた。

「へぇ……。甘いとしょっぱい、さらさらともちもちがひと碗の中に収まってい て……。こういう食べ方もあるんだって驚きました。先生はいつ、この食べ方を覚えたんですか」

「てぇげぇ、お菜がないときに思いついたんだろうぜ」

「まあ……大福好きならではの食べ方でございますね」

本気で感心した声で言う。北斎が頰をゆるめた。

「甘いものばっかり食べてたらしょっぱいものが食べたくなるし、しょっぱいものばっかり食べてたら甘いものが食べたくなる。これなら両方いっぺんに済んじまう。あとは醬油を入れるのが肝《きも》だな」

「あの……この大福茶漬けのことを読売でご紹介してもいいでしょうか」

「……本気か。こんなもんを」

「へえ。そのまま生で。焼いて。油で揚げて。そのくらいしか大福の食べ方はないと思っていました。茶漬けでも、大福を食べるというのがおもしろくて」

北斎は腕を組んだ。

「いくら払う？」

吉の眉が八の字になった。風香堂では、こうした聞き取りに金は払わない。

馬琴が、北斎は画料を相場の倍以上ふっかけると言っていたことを思い出し、不安が増していく。画料は入ってきているはずなのに、貧乏をしているのは、出る金については銭勘定《ぜにかんじょう》がからきしできないからだとも言っていた。

確かに北斎ほどの絵師ならもうちょっとましな家に住んでもいいはずだった。隣の一膳飯屋の娘が出入りするたびに、勝手口におかれたどんぶりから無造作に金をとっていくことにも吉は気が付いていた。

北斎が腕をほどき、膝を軽く叩いた。

「いつか変顔尽くしに、おめえが大福茶漬けを食べているときの顔を描かせてもらおうか」

「えっ、そんな……変顔だなんて」

　ぷっと噴き出した真二郎を、吉は振り返り、きっとにらむ。

「天下の絵師、北斎先生に顔を描いてもらえるってだけでも光栄じゃねえか」

　なだめるように真二郎が言う。

　鼻の穴を思い切り膨らませた男のとんまな顔の絵の隣に、自分の顔が並ぶかと思うと、情けなくなって、吉は天井を見つめた。

「兄さんの言う通りだ。ま、気にするな。読物を載せたら、その読売を持ってこい。大福も忘れずにな。それでいいとしてやらぁ」

「……へ、へぇ。ありがとうございます」

　吉は頭を下げるしかない。

　北斎はまた筆を手に取った。真二郎が声をかける。

「今、何をお描きになっているんですか」

「富嶽百景《ふがくひゃっけい》！」

「富士《ふじ》のお山を百枚も⁉」

前のめりになった真二郎の目が見開かれる。富嶽とは富士山《ふじさん》の別名だ。

「あれほど美しい山はねえ。春夏秋冬、季節によっても顔をがらりと変える。朝の光、夕方の光の中でも見えるものが違う。見る場所によっても表情が変わる。海から見える富士、江戸から見える富士、どれにもそれぞれの輝きがある。そいつを錦絵《にしきえ》にとらえてみてぇんだよ」

錦絵は、多色刷りの美しい木版画だ。

「百景などとぶちあげても、五十、いや四十景いくかどうか。百まで、いや百二十まで生きられたらなぁ――」

筆を動かし始めた北斎は、もう二度と振り返らなかった。

翌日には小石川御簞笥町のおたよさんを訪ね、吉は大福の話を聞いた。おたよさんというのは創業者の名前で、今はその孫が店を切り盛りしている。かつて塩で味付けしていた大福を改良し、餡に砂糖を混ぜて甘い菓子にしたのが、この店だった。

真二郎は、大福を持った両手と、咀嚼《そしゃく》を続ける北斎の口許を絵にした。その脇には、大福茶漬けの碗を持ち、箸で大福をほぐす手元も書き添えた。北斎の旺盛《おうせい》な食欲と、食べっぷりが伝わってくる構図だった。

「北斎先生には、この読売を届けたのか」

読売売りに群《むら》がる人々をうれしそうに見つめている吉に、真二郎が尋《たず》ねた。

「はい。それでこの絵をいただいてきました。真二郎さんに渡してくれって」

北斎の手になる二枚の下絵だった。一枚は、まるで生き物のようにしぶきをちらして湧き上がる巨大な波と舟の奥に富士山が小さく、二枚目には、紙いっぱいに勇壮な姿の富士山が描かれている。

「こいつぁ、すげえや。これに色がつけられたら……」

真二郎は唇を真一文字《まいちもんじ》に引き結び、空を仰《あお》いだ。

「おれも、うかうかしてられねぇ。ちょいと、国芳さんところに行ってくる」

歌川国芳は猫好きの人気絵師で、吉とともに聞き取りに行って以来、真二郎は国芳と意気投合したらしく、時間さえあれば入り浸っている。

「いってらっしゃいまし。お気を付けて」

吉は真二郎を見送ると、風香堂ののれんをくぐった。

風香堂の一階は、いつも通り、人々があわただしく行き交い、男たちの声が飛び交っている。

上がり框《かまち》には、真っ黒に日焼けした男が座《すわ》っていた。ふんどしに法被《はっぴ》という格好から、飛脚《ひきゃく》だということがわかる。その前に座るのは若手の書き手で、男は筆を握りしめ、驚きを隠そうともせず、まばたきを繰り返していた。

「そりゃ、『敵討天下茶屋《かたきうちてんがぢゃや》』さながらじゃねぇか」

「さいでさぁ。美濃《みの》国では今、そのことで大騒ぎで」

読売を扱う風香堂には、飛脚が入れ代わり立ち代わり現われて、各地の情報を持ち寄る。天変地異や大火事、百姓一揆《いっき》といった大きな出来事から、今年の米の作柄《さくがら》、疫病《えきびょう》の流行、お家騒動、心中や人気の見世物《みせもの》、妖怪話など下世話なものまで、江戸の人たちが興味を持つものならなんでも持ち込み歓迎だ。

「なるほど。で、侍の名前は？　敵討ちの場所は？」

明日の読売は、この敵討ちの話で飾られそうだった。

「おはようございます」

一階の男たちは、吉に気付いたはずだが、返事をする者は誰ひとりいない。

はたから見れば同じ風香堂だが、光太郎の息子である清一郎《せいいちろう》が仕切っている一階の連中は、光太郎が二階で作っている読売を認めていない。

一度は読売から隠居した光太郎が、女の書き手を雇い、女向けの読売を売り出したのは今年のはじめだった。光太郎から風香堂を継いだ清一郎にしてみれば、同じ版元から、もうひとつ別の読売を売り出すことなど想像もしていなかっただろう。ときには読者を互いに食い合うこともあり、ふたりは顔を合わせれば角《つの》をつきあわせている。

というわけで、五月から書き手として光太郎の雇人《やといにん》になった吉も、一階の男たちに冷たい目を向けられ続けていた。

二階には誰もいなかった。主の光太郎も絹《きぬ》も出払っている。絹がいないことに、吉はほっと胸を撫でおろした。

絹は光太郎の秘蔵っ子の女の書き手だ。頭が切れ、着物や簪《かんざし》の流行、見目《みめ》のいい男や女の事件や醜聞《しゅうぶん》、人々の関心をかきたてることや話題になっている見世物などを次々に見つけてきては、おもしろい読物に仕立て上げる。

その上、はっとするほどきれいな顔立ちをしていた。だが見た目にだまされてはならない。絹には人を人と思わぬような権高《けんだか》さがあり、づけづけと歯に衣《きぬ》着せない物言いをする。一緒に働き出してひと月あまりになるが、打ち解けるには程遠かった。

吉は読売を風呂敷に包み、北斎を紹介してくれた馬琴に届けようと、風香堂を後にした。

日本橋《にほんばし》を渡り、室町《むろまち》から神田須田町《かんだすだちょう》までを結ぶ大通りを歩く。空にはもくもくと入道雲が湧き、じっとしていても汗ばむような陽気だった。だが、水無月《みなづき》（六月）も半ばを過ぎ、少し空が高くなったような気がする。

途中の菓匠で、吉は手土産のわらび餅を奮発した。

馬琴の家は明神下にあり、昌平橋《しょうへいばし》を渡ればすぐだ。神田明神の裏側の崖《がけ》には、夏草が伸び放題で、むっと草の匂いがした。

馬琴は強くなった日差しを避けるため、金糸雀の籠を日陰に移動させているところだった。

「そっちじゃねえ、それはあっちに。……ああっ、もっと丁寧に置け。金糸雀が驚くじゃねぇか」

あいかわらず、馬琴の罵声《ばせい》が家中に鳴り響いている。金糸雀の数は百羽はくだるまい。まだ幼さが残る女中は天の助けとばかりに吉に駆け寄った。

「あとはお願いします」

逃げるように、女中は奥に引っ込んでいく。

できたての上生菓子を扱うように、吉はそっと籠を持ち上げ、馬琴の指示通りに動いた。暇があれば金糸雀の世話の手伝いをしているので、近頃では金糸雀の顔や色、姿の違いもなんとか見分けられるようになっている。

金糸雀の世話が終わると、吉は茶を淹《い》れ、土産のわらび餅の包みを開いた。黒く透明な小さな玉を箸でつまんで皿にそっと移す。部屋に差し込む日の光を受け、玉がきらりと輝く。

吉は三個ずつ皿に載せると、別添えの紙袋を開き、中に入っていたきな粉をたっぷりと振りかけた。

「わらび餅か？　どこのだ」

「へえ。今、評判の『室町・千年堂《せんねんどう》』のものでございます。いただくのは、あたしもはじめてで」

そう言いながら、吉は胸の高鳴りを覚えた。

本当にきれいなわらび餅だ。箸でつまんだとき、ぷるぷるっとした弾力が伝わってきた。寒天の弾力とも、くずもちとも違う。さざなみのような、細やかなふるえだ。

口に入れると、もちっとした感触がした。だがそれはほんの一瞬で、わらび餅は即座に溶けはじめる。そしてきな粉の香りと、まろやかな控えめな甘みが口いっぱいに広がったと思いきや、わらび餅の中に入っていた黒蜜《くろみつ》の玉がほどけ、とろりと全体にからまる。気が付くと、すべてがするっと溶け、消えていた。

屋台などで安く売っている、芋の澱粉《でんぷん》や葛粉《くずこ》を使って手軽に作ったものとは全然違う。高価なわらび粉だけを使ったものならではの、混じり気のない透明な味わいだ。

「ああ、おいしい……」

もうひとつ、口にふくむ。そしてもうひとつ。

最後のひとつを食べ終え、吉は満足げに微笑み、ごちそうさまでしたと手を合わせた。

「こいつぁ、本物のわらび餅だ。はりこんだな、お吉」

歯を見せて笑った馬琴に、吉はうなずき、読売を手渡した。

「おかげさまで、北斎先生にお話をお聞きすることができました」

馬琴はすばやく読売に目を通す。読み終えた馬琴は目を上げ、ちらりと吉を見る。

「おめえ、虱なんかもらってきてねぇだろうな」

「め、滅相《めっそう》もないこと、言わないでくださいまし」

吉の困ったような表情をおもしろそうに見つめ、馬琴はそういえばと、思い出したように言う。

「ほれ、あの……大関高砂《おおぜきたかさご》の好きな菓子の読み物はどうなった？」

「それが……」

吉も高砂のことは気になっていた。

高砂は角界で今、三本の指に入るという若手人気力士である。顔も男前で、相撲《すもう》見物ができない女たちの心までがっちりとらえ、相撲絵の売り上げは群を抜き、高砂の行くところ、黄色い声が絶えることがない。

その高砂の好きな菓子を読売で紹介するという話は、一度は、雷電屋《らいでんや》の娘の妨害に合い、あきらめかけた。だが真二郎に励まされ、吉はなんとか聞き取りをする寸前までことを運んだのだった。

しかし、聞き取りの当日、高砂から『急用ができたため、聞き取りの日延べをお願いしたし。日にちは、こちらから連絡をする』という内容の文が届いた。

こちらから連絡をするという言葉を信じ、待っていたが、以来、連絡はなしのつぶてで、もう月が替わってしまった。そろそろ催促したほうがよさそうだと吉も思いはじめていた。

馬琴の言葉に促されるように、吉は、その午後、小石川のおたよさんに読売を届けた帰りに、本郷《ほんごう》の加賀《かが》藩邸を訪ねた。高砂は加賀藩のお抱えの力士だった。

「来るって言っておきながら、なんの知らせも寄越さず、約束をたがえて、よくのこのこ顔を出せたもんだ」

高砂の付き人は、門前で、いきなり吉に食って掛かった。

約束をたがえた？

聞き間違えかと思い、吉は一瞬、きょとんとしてしまった。

付き人の後ろに、十万坪を超えるといわれる広大な加賀藩上屋敷が広がっている。もちろん、藩主とその家族が住む屋敷など影も形も見えないが、どこまでも続く長屋の屋根、木立《こだ》ちの緑の深さ……それだけで圧倒されそうになる。

「おい、聞いてんのか。読売屋が話を聞きに来ると高砂関に伝えていたのに。おいらが叱《しか》られちまったじゃねぇか」

相撲取りを目指している体の大きな少年は、細い目を糸のようにすがめ、不機嫌な顔を隠そうともしない。

「でも、その朝、急用ができたって高砂関からの文が届いて……」

「そんなわけねえだろ。とぼけたこと言いやがって、俺をばかにしてんのか。さあ、けえったけえった」

吉を追い払うように太い腕を、二度三度振り払うと、くるりと踵《きびす》を返し奥に戻って行ってしまった。

吉はその場に立ち尽くした。いったい何が起きたのだろう。

付き人は手紙のことをまったく知らないかのようだ。けれど、そんなわけはない。手紙には高砂の名前と落款《らっかん》が入っていた。名前も、相撲絵に添えられた文字とそっくり同じだった。


きつねにつままれたような気持ちで、吉は風香堂に戻った。

二階では、真二郎と光太郎が談笑していた。背が高くうりざね顔の真二郎に対して、光太郎は太鼓腹《たいこばら》で、ぐいっとえらがはった瓦《かわら》のような顔をしている。

「ただいま戻りました」

手をついて頭を下げた吉を、光太郎が手を振って呼び寄せる。

「お吉、これを見てみぃ！」

お猪口《ちょこ》のような小さな器を差し出した。内側が玉虫色に輝いている。

「……紅《べに》でしょうか」

「ほぉ～、わかるか。もしかして誰かにもらったことがあるのか」

光太郎が軽口をたたく。吉は器を覗き込んだ。

「まさか……わぁっ、初めてです。こんな高価な紅を見るのは。……きれいな玉虫色は、上等な紅ならではなんですってね。溶く水の量で、桜色から紅色まで作れるって……。高価なもんなんでしょうねぇ。玉虫色の紅はもっぱら京からの下りものだそうですが……」

紅の華やぎは、女たちの憧れでもある。

「それがな、これは正真正銘、江戸で作られ、江戸で売られてるものなんだ。昨日、日本橋に、伊勢半《いせはん》という紅屋が開店した」

真二郎がいった。

「日本橋に？」

「ああ。これからは江戸で作られた本物の紅が、江戸の娘の唇にのる。下りものをありがたがることもねえ。けど、これは借りものだから、指を入れるなよ。見るだけだ。見るだけ。絹が聞き取りに行って、見本の紅を借りてきたんだ。江戸で作られたといっても、高値《こうじき》にはかわりねえからな」

お猪口ひとつの紅を作るのに、出羽《でわ》で咲いた紅花《べにばな》千個分の花びらが使われていると真二郎が言い添える。

「そういえば、芭蕉《ばしょう》の句で『行《ゆく》すゑは　誰が肌ふれむ紅の花』という句があったなぁ。うむ、絹の読物に、この句を拝借《はいしゃく》するか」

ちょいとばかり学のあるところを見せ、光太郎は、吉の顔を見つめた。

「どうしたお吉、まじめな顔をして」

「あんまりきれいなものですから……この紅がもっと安価であれば、菓子職人は色鮮やかできれいな菓子をもっともっと作れるだろうなって」

光太郎と真二郎が顔を見合わせ苦笑した。

「おめえはいつだって菓子のことばかりだな」

吉がはっと顔を上げた。

「あの……。高砂関のことで、ちょっと困ったことが起きて、ご相談させていただきたいんですけど……」

ふたりは身を乗り出した。吉の話が進むにつれ、ふたりの顔から笑みが消えた。吉が取り出した高砂の文を、光太郎はしげしげと見つめ渋い声で言う。

「真《しん》さん、明日お吉と一緒に、加賀藩上屋敷に顔を出しちゃあ、くれねぇかい」

「わかりました」

真二郎がうなずいた。


翌日、昼過ぎに真二郎と吉は加賀藩上屋敷に向かった。

薄い雲を通した光が町を明るく照らしている。日差しが柔らかな分、湿気があり、少し歩いただけで肌が汗ばんでくる。

日本橋を通り、室町の大通りを歩き、昌平橋を渡る。川を渡ってくる風が心地よかった。橋の上から、湯島聖堂《ゆしませいどう》の瓦が日差しを受けて輝いているのが見えた。

聖堂と神田明神の間の通りを行けば、加賀藩上屋敷までは一本道だが、吉は前を歩く真二郎に声をかけた。

「お団子屋さんに寄ってもいいですか。馬琴先生がおいしいとおっしゃっていたお団子がこの近くにあるんです」

「高砂関への土産かい？」

振り向いた真二郎に吉は真剣な顔で続ける。

「はい。なんでこんな行き違いが起きたのかわかりませんが、甘いものがあれば、気持ちも少し和《なご》むかもしれませんし」

団子屋「とんぼ」は、天神下《てんじんした》の同朋町《どうぼうちょう》にあった。池之端《いけのはた》に続く花街《はなまち》で、路地の奥から色っぽい三味線《しゃみせん》の音色《ねいろ》が流れている。

店に近づくにつれ、醤油をあぶったいい匂いがしてきた。

「砂糖醤油のお団子十本お願いします」

髪をひっつめにしたまん丸い顔の中年女が団子を炭火で焼いていた。女の額《ひたい》には汗がいくつも粒になっている。

「高砂には付き人や弟子もいるんだろ。団子十本じゃ、足らねぇや。おばさん、二十本ばかり包んでくれ」

懐からがま口をとりだした吉を制して、真二郎が脇から口を出す。

「どうせなら、どーんと持っていったほうがいい」

「兄さんのいう通り、みやげは派手に限るよ。たとえそれが団子でもね」

団子を焼いていた女が真二郎の顔を見て鼻にくしゃっとしわを寄せた。

「あらま、いい男だね。ちっと待っとくれ。腕によりをかけて仕上げるから」

中年女に軽口をたたかれ、真二郎は苦り切ったように薄く笑った。

炭火で団子をいい色にあぶると、女は手早く、砂糖醤油の葛《くず》餡をかけ、経木《きょうぎ》の上に重ね、最後に薄紙で包み、紐をかけた。

吉は前に足を進めると、女に「もう二本、くださいな」と言った。

「もう二本？」

女は吉と真二郎を交互に見る。吉はうなずいた。

「ここで食べてくんなら、そこの長床几《ながしょうぎ》にかけとくれ……うちの団子を食べたら、他の店のものは食べられなくなるよ」

「そんな風に言われたら、ますますいただかないわけにいきません」

「はい、まいどありぃ」

にっこり笑って女は吉から銭を受け取ると、団子を手渡した。吉は一本を真二郎に渡し、店の前の長床几に腰を下ろした。

「こっちは私のおごりです」

「そりゃ、どうも」

真二郎は隣に腰をかけた。

ひと串に五個刺してある。香ばしい香りとさっぱりした甘さのたれ、もっちりとした食感の団子で、口飽きがしない。醤油だけで味付けした団子もすっきりして江戸前の味だが、砂糖醤油の葛餡はあまじょっぱくて、ほっとするような味わいだ。量もほどよく、一本だけでも、腹がおちつく。

甘さとしょっぱさ……北斎も同じようなことを言い、大福茶漬けを食べていたことを思い出して、吉はくすっと笑った。

「なんだ、急に笑ったりして」

「いえ、なんでも……」

団子を食べ終えると、真二郎は包みをぶら下げ、歩き出した。包みには「だんご　神田　とんぼ」という判子《はんこ》が押してある。

「おまえはどう思っているんだ？　高砂の一件」

しばらく歩いたところで真二郎が言った。吉の胸がすっと冷えた。

「……おかしな話ですよね。でも付き人さんが嘘《うそ》を言っているようにも思えないんです。……とするとあの文を寄越したのが高砂さんじゃないということになる。……なんでそんなことが起きるのか……」

昨晩、吉はなかなか寝付けなかった。

この一件のことを考えると頭がこんがらがってしまう。あの文を書くことができたのは誰か。それは吉が高砂の聞き取りに行くと知っていた者だ。

となると、高砂一門の人々に限られる。付き人や弟子たちが高砂に迷惑がかかるようなことを仕掛けるだろうか。やはり、そうは思えない。

「……雷電屋の娘ってことはないか」

吉の胸がずきんと痛んだ。あの娘のことを、吉は忘れたことがない。

一膳飯屋の雷電屋の娘に、吉は高砂の話を聞きに行ったことがあった。女は相撲を見ることは禁じられているが、その娘は高砂の入り待ち、出待ちはもちろん、行く先々にまでついて回り、高砂の追っかけを自任している。

吉が読売の書き手で、高砂に聞き取りに行こうとしていることを知ると、娘は自分も連れて行ってほしいと強引につめよってきた。遊びではなく仕事なので、娘を連れて行くことはできないと吉が拒んでも、ついて行くと言って聞かず、ついには風香堂まで押しかけて来た。

あのとき、おろおろうろたえてしまった吉に業《ごう》をにやした絹と光太郎がぴしゃりと娘を言い負かして追い返し、ことは終わったと思ったが、そうではなかったのだろうか。

「でも、……どうやったって、その日、あたしたちが聞き取りに行くことはあの娘には、わからなかったと思うんです」

加賀藩上屋敷は、中山道《なかせんどう》と日光御成街道《にっこうおなりかいどう》が分岐する手前にある。

黒塀が続く通りを、砂埃が白く舞っていた。人足《にんそく》やもっこ担《かつ》ぎ、大八車がひっきりなしに行き交っている。加賀藩上屋敷は将軍の家斉の娘・溶姫の嫁入りのために御守殿門の普請《ふしん》の真っ最中だった。

吉と真二郎は、塀に沿って歩き、東御門に向かい、門番に高砂への取り次ぎを頼んだ。だが門番は、険しい顔で首を横に振る。

「今後、風香堂の者が来ても、取り次ぎは無用だと言われておる。帰れ」

「そんな……」

「お吉、あの文を出せ」

急いで吉が包みから取り出した高砂の文を、真二郎は門番に差し出した。

「ご面倒をおかけしますが、この文を高砂さんにお届けいただけませんか」

「お願いいたします。行き違いがございまして、どうしてもお話しさせていただきたく……」

吉も並んで深々と頭を下げた。

「こちらは与《あずか》り知らんことだ」

面倒は御免だとばかり、門番はいかめしい表情を崩さない。真二郎は一瞬、考え込み、ふっと息をはいた。

手拭《てぬぐ》いを懐から取り出し、地面にはらっと落とす。ぱっと裾を開き、その上に真二郎はどかっとあぐらを組んだ。真二郎は吉にちらっと目をやると、地面をポンと軽く叩く。吉に座れ、ということらしい。わけがわからなかったが、吉も隣に風呂敷を広げ、とりあえず正座した。

「何やってんだ、おまえら」

「高砂関が出てくるまで、一日でも二日でもここで待たせていただこうと」

真二郎が言った。なるほどと思いながら、吉は居ずまいを正した。門前で座りこむふたりに目を留めた人が、すぐにわらわらと集まってきた。

「見世物じゃない。去《い》ね、去ねっ」

門番が六尺棒を振り上げたが、少し遠巻きになっただけで、見物人の数はむしろ増えていく。ふたりを打ち据えるのをためらっているのは、真二郎の風体《ふうてい》が武士のものだからだろう。

真二郎は、塀の屋根にとまった雀《すずめ》にのほほんと目をやったりしている。しかし大勢の人々の好奇の目にさらされて、吉は恥ずかしさと不安で苦しいほどだった。

一度遠ざかった人々がじりじりとまた近づいてくる。

「お侍《さむれえ》さん、二人で仲良く座り込んで何してんだ？　そんなところで」

ついに声がかかった。真二郎が振り向いて、見物人に手を横に振る。

「いや、なんでもねえんだ。気にしねえでくれ」

「なんでもねぇってこたぁねぇだろ。教えてくれよ」

「なんでもねぇなんて言われると、なおさら気になるのが人情ってもんよ」

いらいらが抑え切れないのだろう。門番の頬がぴくぴくし始めた。いったい、真二郎はどういうつもりなのだろう。これでは門番を敵にまわしているようなものではないか。吉はいたたまれなさで、ますます身をすくめるしかない。

「文を貸せ」

そのとき、たまりかねたように門番が言った。すかさず真二郎が文を差し出す。

門番は舌打ちをしながら、文をひったくるようにつかむと奥に向かった。

「やや、申し訳ない」

真二郎は平然と立ち上がり、敷いていた手拭いを膝に当ててぱっぱとはたいた。吉もあわてててそれにならう。

「座り込みは終《し》まいかい？」

「ああ。心配《しんぺぇ》かけてすまなかったな」

真二郎がそう言うと、見物人たちは「喧嘩《けんか》でもはじまるかと思ったのに」などと勝手なことを言って散っていく。

しばらくして、門番が高砂の付き人を連れて戻ってきた。昨日の男だ。頬のあたりにあどけなさを残している。年のころは十六、七ほど。相撲の修業をしているのだろう。ずんぐりとした体をしている。

付き人は仏頂面《ぶっちょうづら》を隠そうともせず、吉と真二郎に、こんな文に見覚えはないし、風香堂に取り次いだ覚えもないと昨日の同じ文言を繰り返した。

「けれど、確かに、この文をあの日、あたしが受け取ったんです。高砂さんからのものと信じておりました。ですが、月が替わっても、ご連絡がなかったので、不躾《ぶしつけ》とは思いましたが、昨日、参上した次第です」

吉は足を一歩進めて言う。付き人は顎に手をやり、顔をあげ、ため息をついた。

「まいったな。わけがわかんねえや……しかたねえ、入っちくれ」

門をくぐった吉は目を瞠《みは》った。

埃が派手に舞い上がっている門前と屋敷内は空気そのものが違っていた。長屋群を通り過ぎると、はるか向こうまで白い玉砂利の道が続いている。

松や躑躅は美しく刈り込まれ、龍の髭《ひげ》などがその根元にすっきりと植えられていた。どこにも塵《ちり》ひとつ落ちていない。遠くで木々の手入れをしている職人の姿が豆粒のように見え、小鳥のさえずりが空に抜けていく。

付き人は玉砂利を鳴らしながら、奥へと歩みを進めた。しばらくして、馬場が見えてきた。馬場の隣に屋根付きの土俵があり、まわしをつけた相撲取りが三人ほど土俵にあがっている。土俵の周りには床几がおかれ、数人の旦那衆が固唾《かたず》を呑んで稽古の見物をしていた。

「いっとうでっかい体の男が、高砂だ」

真二郎が吉に耳打ちをする。吉は息を呑んだ。

相撲絵から抜け出したような姿だった。

見上げるような大男で、肩には肉がぐいっと盛り上がっている。太ももは丸太ほどもあるだろうか。餅のように白くなめらかな肌に汗が光っていた。金太郎《きんたろう》を思わせる顔はうっすらと紅潮《こうちょう》している。

高砂は口元を引き締め、足を大きく開いて腰を落とし、片方の足をゆっくりふりあげた。一拍おいて、上げた足を勢いよく地面にどすんと力強くたたき落とす。

　おぉっと、見物の男たちから歓声が上がる。

「関取の稽古が終わるまでしばらく待っていておくんなせぇ」

　付き人は、吉と真二郎に奥にある長床几に座るように促した。

「せっかくだ。稽古を見学させてもらおうぜ」

「は、はい」

　まれに町で相撲取りを見かけることはある。けれど、まわしを締め、土俵に上がっている関取を見るのは、女である吉にとっては初めてのことだった。

　四股《しこ》を数十回も踏んだだろうか、高砂は腰を落とし、太い木柱を腕でぐいぐい押しはじめた。

「鉄砲《てっぽう》だ」

　真二郎が吉にいった。

「鉄砲？」

「ああやって足と腕を鍛《きた》えるんだ」

　ドンと柱を押すたびに、腕や足の肉がぐいっと盛り上がる。肉自体が生き物のようだ。それを数十回続けると、高砂は再び、土俵に上がった。

腰を落として一方の足を前に出し、両手を広げた高砂に、別の相撲取りが勢いよく向かっていく。何かが破裂するような音と共に、体と体がぶつかった。朱に染まった顔で必死に押し続ける相手を、高砂はがしっと受け止め、動かない。不動の体勢だ。次の瞬間、土俵上に、相手がころっと転がった。

ぱんぱんと音をたてて頬を両手でたたき、また高砂が構えると、また別の相撲取りが力の限り高砂に向かっていく。

「ぶつかり稽古だ。立ち合いと押しの力を鍛え、投げられたときに受け身がとれるようにする。……高砂はつええな。登り龍の関取だ」

真二郎がつぶやく。こめかみや背中は言うに及ばず、高砂の全身から汗がしたたり落ちている。だが、息は上がっていない。

やがて、高砂は土俵に向かって一礼し、土俵からおりた。

「どちらさんで」

旦那衆のひとりが振り返って、真二郎に尋ねる。

「読売の風香堂のものでございます」

「何か、高砂関のことを書かれるんですかな」

恰幅《かっぷく》のいい六十がらみの男だった。着物も帯も上等で、ひと目で旦那衆だとわかる。真二郎と吉がうなずくと、鷹揚《おうよう》に笑った。

「そりゃ楽しみだ。強くて、気風《きっぷ》がよくて、姿形もいい。三拍子そろった当代一の相撲取りですから」

「いつも、稽古をご覧になってるんですか」

穏やかに聞いた真二郎に、男は苦笑した。

「まあ、隠居の道楽というところですかな」

高砂は風呂で汗を流してから会うと付き人は言い、吉と真二郎を土俵脇の平屋に案内した。中の土間にも土俵が作られている。奥に四畳半ほどの板の間があった。真二郎はさりげなく、団子の包みを付き人に手渡す。

「つまらねえものですが、これをみなさんで」

「お気遣い、ありがとうございます」

付き人はずしっと重い包みに、ふっと相好《そうごう》を崩した。

ふたりは板の間にあがり、真二郎はあぐらをかいた。吉は上がり框からすぐのところに遠慮がちに座る。鬢《びん》つけ油の匂いと汗の饐《す》えたような匂いが入り混じっている。間もなくえんじ色の派手な浴衣を着た高砂が姿を現わした。

「おれぁ、こんな手紙を書いた覚えはねぇぜ」

文を一瞥《いちべつ》するなり、高砂はいった。声に張りがある。

「でも、落款も、書き文字も……」

「ああ、そっくりだ。だが、おれは知らねえ。いってえ、誰がこんなことを……。おれの字を真似て、偽《にせ》の落款を押した野郎がいると思うと、気色悪いな」

高砂は苦いものを飲み込んだような顔になった。

「……………」

「だが、この文を書いたやつは、おめえさんたちがおれに聞き取りをすることを知っていたってことだよな。……言っておくが、おれの一門の者や、贔屓筋がそんなことをするわけはねえ。なんの得にもなりゃしねえからな」

読売に高砂の醜聞《しゅうぶん》をとりあげるわけではない。高砂の人気が上がりこそすれ、損になることはない読物なのだ。贔屓筋にとっても歓迎すべき読物のはずだった。

「おめえさんたちに辛く当たっちまって、すまなかったな」

高砂は、吉を見て言った。

「誤解がとけて良かったです。……でもいったい誰があの文を……」

雷電屋の娘の顔がふっと吉の脳裏《のうり》に浮かぶ。だがあの娘にそんなことができるはずがないと無理矢理、打ち消した。

「こちらさんから、団子を頂戴《ちようだい》しやした」

付き人が団子を山とばかり盛り付けた皿を持ってきた。大きな手で、手際よくお茶を淹れ、三人の前に大ぶりの湯吞を差し出す。

「こりゃ、うまそうだ。おめえさんたちも食べてくれ。おもたせで申し訳ねえが」

「あたしたちは食べてまいりましたので、どうぞ、お気遣いなく。砂糖醬油の餡と少し焦《こ》げたもちもちの団子が、絶妙でございます」

高砂は眉をあげて吉を見た。吉ははっと首をすくめた。つい松緑苑にいたころの、客に菓子を勧めるような口調になっていた。

串をつかみ、吸い込むように団子を食べた高砂は、続けてもう一本、さらにもう一本と手を伸ばす。一気に三本食べて、ようやくふむとうなずく。

「姉さんの言う通りだ。うめえや、この団子。……おい」

高砂は付き人を呼び、団子の皿を下げて、みんなで食べるように言った。

「稽古の後はこういうもんがいちばんだ。おめえも遠慮せずに食え。食べ盛りだからな」

「ごっつぁんです」

付き人は高砂と吉たちにも頭を下げた。その目がほころんでいる。目下の者にも気を配る高砂は、人の上に立つ貫禄《かんろく》と器量を持ち合わせている。一門の中に、高砂のふりをして文を書く者などいないと信じられた。

「そうだ。おふたりにあれを出してくれ。俺の分もな」

「かしこまりました」

団子の皿を片付けた付き人が今度は銘々皿を三枚、盆の上に載せて持ってきた。目の前に置かれたものを吉がじっと見た。

「これは？」

「姉さん流に言うなら、香ばしく、さくさくとした歯触りの皮と、あっさりしたあんこの組み合わせがこたえられねえ最中《もなか》だ」

高砂がにっと笑う。

最中は皮にあんこを挟んだ形で売られているのが普通だが、こちらの皿には皮が二枚とあんこが別々に盛られ、木の匙《さじ》が添えられている。

「こいつぁ、こうやって……」

高砂は分厚い左手に小判型の皮を一枚、乗せると、右手の指でつまんだ木の匙であんこをすくい、皮の中に詰めた。食べる直前に、自分で、皮にあんこをはさんで最中を作るという趣向である。

あんこを詰め終えると、もう一枚の皮を蓋《ふた》をするように重ねる。大男が真剣な表情で、最中づくりをしている姿がほほえましくて、思わず吉の口元がほころんだ。

「浅草《あさくさ》・福来雀《ふくらすずめ》の手作り最中だ。……おれぁ、もっぱらこっちのほうなんだが」

高砂は開いた手で盃を口に運ぶまねをした。

「福来雀の手作り最中は格別で、酒のあてにすることもあるくらいだ」

「これを肴《さかな》にお酒を召し上がったりもするんですか?」

「案外、いけるぞ。ささっ、あんたたちも食べてみてくれ」

「では遠慮なく」

「頂戴いたします」

ふっくらと炊き上げられている小豆を、小判型の皮にたっぷりつめ、もう一枚の皮をそっとのせるや、吉は口に運んだ。

サクッと軽い音が響く。皮の香ばしさと、小豆の香り、甘味が口中に広がった。

「おいしいですねぇ。この音まで、味わいがありますねぇ」

吉がしみじみといった。高砂は微笑む。

「音に味わいとな。そりゃ、いいや」

吉は膝をつっと進めた。

「高砂さんのご贔屓の菓子ということでご紹介させていただいてもいいでしょうか。当代一の相撲取りが、こんなに繊細で楽しい最中をお好みだなんて、きっと世の中の人は驚き、大喜びすると思うんです」

「大喜びっつうのは大げさじゃねえか……ただし、浅草の福来雀の旦那さんには話を通しておいてくれ。迷惑をかけたら申し訳ないからな」

最後に高砂はうなずいた。福来雀の主は、高砂の贔屓筋のひとりで、今日の稽古も見に来ていたという。

帰り際に、高砂は「いってぇ誰がおれの名前を騙《かた》ったのか……こっちでも少し、調べてみる。そっちも何かわかったら、教えてくれ」と言った。

苦い顔をしたままの門番に礼を言い、門の外に出ると、別世界からいつもの世界に戻ってきたような気になった。大八車を引く音や人足たちの声、金魚売りや冷や水売りの掛け声がどっと耳をつく。

陽は中天に昇り、じりじりと大地を焼いている。

「気はやさしくて力持ち。人気が出るのも道理ですね」

「ああ、今金太郎だな……これから、浅草に行くのか」

「はい。福来雀に顔を出してまいります」

真二郎は入道雲が湧いている空を見上げ、ひとつため息をついた。

「こう暑くちゃかなわねえ。舟で行くか。おれぁ、これから向島まで行く。浅草で下ろしてやるよ」

昌平橋近くの船着場には、客待ちをしている猪牙舟《ちょきぶね》があった。木陰で煙管を吸っていた船頭に声をかけると、立ち上がり、頭に巻いた手拭いを巻き直した。吉も、髪に手拭いをかける。川の上では日差しを遮《さえぎ》るものがない。手拭いでわずかな日陰を作る。

神田川には舟がたくさん出ていた。大きな船が横を通ると、細長い猪牙舟はひっくり返るのではないかと思うほど激しく揺れる。船頭は手慣れた様子で水棹《みさお》を操り、滑るように舟を走らせた。

両岸には柳の緑が揺れていた。

それにしてもいったい、誰が偽《にせ》の文を届けてきたのだろう。吉は考えずにいられない。

「風香堂が高砂の聞き取りをすることを知っていた。そして聞き取りの邪魔をして得をする人物と考えるべきだろうな」

真二郎は言った。

高砂に、吉が聞き取りをすると知っていたのは、高砂本人、その一門、そして雷電屋の娘だ。だが聞き取りの申し込みに行った日、高砂は不在で、吉はあの付き人としか話をしていない。稽古を見学していた旦那衆はいなかったし、娘も当然そこにはいなかった。文を見たときの驚きの表情からして、付き人がこの件にかかわっているとも思えない。

「まあ、こっちはこっちの仕事をすることだ」

浅草御門で舟を降りた吉に、真二郎が言った。

福来雀の主は、土俵脇で声をかけてきた恰幅のいい男だった。手作り最中を読売で紹介したいというと、主の顔に満面の笑みが広がった。

「高砂さんの太鼓判をもらえた。こんなうれしいことはありませんや」

福来雀は代々餅屋で、今も、餅も売っているという。

「最中の皮は、そのもち米で作っているんです」

もち米を粉にして蒸し、杵《きね》でつき、薄くのばし、焼き型に入れて焼く。

「小豆は、下野《しもつけ》から特別に取り寄せたものだけを使っておりまして」

「読売で紹介すると、人が押し掛けるかもしれませんが……」

「いらしてくださるお客様に迷惑をかけないように、高砂さんの顔に泥を塗らないように、せいぜいがんばらしてもらいましょう」

主は土産だといって、手作り最中の入った大きな包みをふたつ、吉に渡した。

「ひとつはお吉さんに。もうひとつは風香堂さんに。せっかくの機会だ。どうぞ腹いっぱい召し上がってください」

代金を払うといっても、首を横に振り、受け取らない。店を出た吉は、包みを見て長く息をはいた。

「こんなにたくさん、どうしよう」

今日はもう団子を食べ、手作り最中も食している。美味しく菓子を味わうためには、もうちょっと食べたいと思うところで終まいにするというのが、松緑苑の主・松五郎の教えでもあった。

馬琴に、包みのひとつを持っていこうと、さっき降りた船着場から吉はまた猪牙舟に乗った。

吉がその舟に気付いたのは、神田川に入り、筋違《すじかい》御門を過ぎたときだった。波を受け、木の葉のように揺れながら一艘《そう》の猪牙舟がこちらに流れてくる。船頭もいない。無人の舟だった。

「船頭さん、どうしたのかしら。あの舟、誰も乗っていない……」

「あぶねえな。今にもひっくり返りそうじゃねえか。ちょいと近づいてもいいですかい」

「ええ……」

そのとき、大音声《だいおんじょう》が川を渡ってきた。

「船頭！　その舟をとめろ」

吉ははっとした。声に聞き覚えがある。

上田《うえだ》鉄五郎《てつごろう》。真二郎の幼馴染《おさななじみ》で、江戸の町を守る同心《どうしん》だ。目をこらすと、数隻の舟が無人の舟を遠くから追ってきていた。先頭の舟に上田が乗っていて、吉の船頭に向かって十手《じって》を向けている。

「端《はな》からそのつもりでさぁ！」

船頭は棹を巧《たく》みに操り、たちまち無人の舟に近づいた。

舟の中を覗き込んだ船頭の顔色が変わった。

「なんてこった。こいつぁ、いけねえや……。姉さん、しっかり舟につかまっていておくんなさい」

船頭は口をへの字にして、もやい綱をとり、船頭のいない舟の舳先《へさき》にひっかけ、舟ごと引き寄せた。こちらの舟もぐらりと揺れ、吉はあわてて両手で舟の左右をつかむ。

その瞬間、向こうの舟の中がちらりと見えた。吉の目が大きく見開かれる。

「ひ、人？　こ、子ども？　やだ、頭から血が……」

無人に見えたが、舟の中に、小さな男の子が倒れていた。頭から血を流し、目を閉じたまま、ぴくりとも動かない。

「ま、まさか、死んでる？」

吉の声が震えた。

船頭は向こうの舟に乗り移り、男の子を抱きかかえて戻ってきた。吉の前にその子を寝かせ、また棹を持つ。

「死んじゃいねえようだが」

船頭は表情の消えた顔でつぶやく。

吉は男の子の口に顔を寄せた。船頭が言った通り、息はある。腕をとると、脈も案外しっかりしていた。吉は風呂敷の中から洗い立ての手拭いをとりだし、血が出ているところに手早くまいた。そこに大きなこぶができていた。

「大丈夫？　わかる？」

吉が小さな手をとると、わずかに指が動き、弱々しいものの確かに握り返してくる。男の子を抱きしめて、吉は繰り返した。

「もう大丈夫だからね。急いでお医者さんに行こうね」

上田の乗る舟がすぐそばにきたのはそのときだった。

「子どもは無事か」

「はい。でも、頭にひどい怪我《けが》をしていて……。すぐにお医者さんに運ばないと」

「お吉さんじゃねえか……」

上田が目を瞠《みは》り、子どもが流されていると聞き、猪牙舟に飛び乗り追いかけてきたと早口で言った。

「上田さん、馬琴先生の息子さんの診療所が明神下に」

咄嗟《とっさ》に吉は言った。上田がうなずく。

「宗伯《そうはく》先生だな。よし……昌平橋の船着場に着けろ」

上田は船頭に命じた。

肉の薄い肩を抱きながら、吉は男の子に励ましの言葉をかけ続けた。浴衣から出ている細い足首に幼さがにじんでいる。はだしだが、足はさほど汚れていない。顔色は青かったが、薄い唇には少し赤みが残っていた。まだ六、七歳というところだろう。

男の子はわずかにうめいた。

「しっかりするのよ。しっかり……」

大火事で吉の両親が亡くなったとき、弟の太吉《たきち》はちょうどこのくらいの年頃だったからだろうか、とても他人事《ひとごと》とは思えない。

船着場に着くと、先に陸《おか》に上がっていた上田が舟に足をかけ、男の子を抱き上げた。すでに、配下の者を宗伯のところに走らせているという。

「頭に怪我をしています。そっと運んであげてください」

上田は吉に向かってうなずき、男の子を背負い、そろそろと歩き出した。

診療所の待合室に戻ってきた上田は、吉の隣に座り、長く息を吐いた。

「頭を殴《なぐ》られているが、命に別状はなさそうだ」

ほっと吉の体から力が抜けていく。

いったい、あの子に何があったのだろう。頭を殴られ、舟に乗せられ、川に流されるようなことがなぜ起きたのだろう。いたいけな子どもが、こんなむごい目にあうなんて……。胸に熱い鉛《なまり》を飲み込んだような気持ちではあったが、子どもが無事だとわかれば、もう吉がそこにいる理由はない。

吉は上田に暇《いとま》を告げ、外に出た。野次馬が大勢、診療所を取り巻いていた。

江戸の人は物見高い。大名屋敷の前に吉たちがほんのひとときざ座り込んだだけで、見物人が集まるのだ。同心が傷ついた子どもを背負って医者に駆け込んだとなれば、通りがかりの人が足を止め、中を覗き込み、近隣の人々が目引き袖引き続々と集まってくる。

「姉さん、何があったんでぇ」

「坊主が運び込まれたっていうじゃねえか。怪我してんのか。親はどうしたんだ？」

矢継《やつ》ぎ早《ばや》に声をかけられたが、吉は「何もわかりませんので」とあいまいに答え、診療所の奥にある馬琴の住まいに向かった。

馬琴は金糸雀の籠を、縁側から家の中にしまい入れているところだった。吉の顔を見て、女中たちはほっとした顔で奥に下がっていく。吉は黙って、馬琴を手伝った。

「表が騒がしかったが、何があったんだ?」

馬琴も表の騒ぎに気が付いていたらしい。

吉は、猪牙舟で流されていた男の子の話をした。

「おめえがその坊主を見つけて、ここに運び込んだのか」

「船頭さんが舟をとめて、男の子を助けたんです。あたしはたまたまその舟に乗りあわせていただけで。そして同心の上田さんがこちらに連れていらっしゃいました。あたしは先生のところに伺《うかが》うところでしたのでご一緒に……」

「これがほんとの、乗りかかった舟だな」

「先生、笑いごとじゃありません」

吉は馬琴を軽くにらんだ。

最後の金糸雀の籠を部屋の中にすべてしまい終えると、吉は福来雀の包みをさしだしたが、馬琴は診療所のほうを指さした。

「そいつは表に持って行ってやれ。まだ同心や小者連中が残っているかもしれん。坊主の様子がどうなっているかも聞いてこいや」

　上田たちはまだ宗伯と話し込んでいた。吉が菓子の包みをさしだすと、ふっと場が和んだ。一度、男の子は気が付いたが、ものも言わず、また目を閉じ、眠っているという。

　御用聞きを走らせたものの、この界隈で迷子や行方知れずの訴えは出ていないとも上田は言った。

「この子が話をできるようになれば、何が起き、どこから流れてきたかはすぐにわかるだろうがな」

　先ほどより数は減ったものの、診療所の前には、まだ野次馬が残っていた。珍しい出来事や困った人を見つければ、自分の仕事を放りだして追いかけ、世話を焼きたがる人が巷《ちまた》にはあふれている。

　馬琴に上田の言葉を伝えると、顎に手をやり、うなった。

「親は名乗り出てねえのか。だが、川のかなり上から流れてきたとは考えにくいな。川には芋の子を洗うほど舟が出てるんだ。無人の舟がふらふらしていたら、途中で誰かが気付くに決まっている。船頭のいねえ猪牙舟はちょっとした風でもすぐひっくりけえるし」

　では、なぜ子どもがいなくなったと親が訴え出ないのか。

　親がいない子なのだろうか。それでも、面倒を見ている大人は誰かいるだろう。あの子は何度も水をくぐったものとはいえ、さっぱりとしたものを着ていたし、足も汚れていなかった。

「訴え出られねえってこともあるか。世の中には、自分の子どもを殴る親もいる。子どもを捨てる親もいる。いや、親が殺されちまってるってことだって、ありえねえ話じゃねえ」

「先生。滅相《めっそう》もないこと言わないでくださいまし」

　仏頂面《ぶっちょうづら》でとうとうと語る馬琴を、吉は制した。だが馬琴の口は止まらない。

「お吉、おめえは読売書きだろ。そのへんのばあさんが井戸端でくっちゃべっているようなことを口にするんじゃねぇよ。子どもが殴られているんだ。親が殺されていたって不思議はねえじゃねえか。舟で流れてきたってのもおかしな話だ。頭を殴られた坊主が自分で舟まで歩いていくか。誰かが坊主を舟まで運んだってことになる。たとえば……賊に襲われ、手傷をおった坊主を親が必死で舟に乗せて逃がし、親はその後、賊の手にかかるって筋書きはどうだ。……いや、待てよ。坊主を逃がそうとして舟に乗せたとも限らねぇ。自分の手は汚したかねぇが、死んでもらいてぇと舟に乗せたのかもしれん。猪牙舟に乗せりゃ、いずれひっくりけえるか、海に流されるか、どっちにしてもおだぶつだ。いやいや確実に殺そうと思うなら、昼日中に舟で流すなんて、とんまなことはしねえ。人のすくねえ夜に、舟に乗せるな……」

　さすが、戯作者。とんでもない筋書きを次から次に思いつくものだと、吉は辟易《へきえき》した表情で馬琴を見つめた。ついと馬琴が吉を横目で見た。

「こいつぁ、読売の出番かもな……」

　吉はぎょっとして首をすくめた。菓子の読売を書くだけでも四苦八苦しているのに、馬琴の目は、この事件の読物を書くのはおめえだと言っている。

　冗談ではない。こんな話を書くなんてまっぴらだった。

　そそくさと馬琴の家を後にして診療所の前に出ると、さすがにもう野次馬の姿は消えていた。

　昌平橋で足を止めて、吉は神田川を眺めた。西の空は赤みを増し、川を夕暮れ色に染め始めている。その中をたくさんの小舟が今も行き交っていた。

　見上げると、真綿《まわた》をちぎったような雲が風に流されている。縁《ふち》が赤や紫色にほんのり染まった茜雲《あかねぐも》がちぎれていく様を吉は黙って見つめた。

不幸な目にあう人がいようといまいと、一日はいつものように暮れていく。それがこの世のことわりだ。


風香堂には、絹が残っていた。

「ただいま、戻りました」

吉が頭を下げたのに、絹はちらっと顔をあげて、わずかに会釈を返してよこし、すっと天神机《てんじんづくえ》の上の自分の原稿に目を戻した。

ともに働くようになり、愛嬌《あいきょう》のかけらも持ち合わせず、口を開けば皮肉めいたことばかり言うのが絹だと重々わかっているのだが、人を人とも思わぬようなツンとした表情が目に入ると、今日のような日はよけいに胸が硬くなる。絹の取り澄ました顔が癇《かん》にさわり、それが八つ当たりだとはわかっていても、むっとする気持ちを抑えられなかった。

階段を上がる足音が聞こえた。

「お、帰ってきたか。で、どうだった？　高砂の聞き取りはできそうか」

光太郎は二階に姿を現わすなり、吉を手招きした。

誤解がとけ、高砂が福来雀の手作り最中のことを話してくれたと吉は伝え、福来雀の主からもらった包みをさしだした。光太郎は腕を組み、息をはく。

「誰が文を持ってきやがったのかわからずじまいか。これで何も起きなきゃいいが……。お吉、この読物はさっさと仕上げろ。締め切りは明日だ」

「は、はい」

光太郎が首を伸ばして絹を見た。

「お絹、最中を食わねえか。高砂の好きな菓子だとよ」

「せっかくですが結構でございます。私、甘いものはお茶席だけと決めておりますので」

絹は顔もあげず、にべもなく言った。

「この間まではうまそうに食っていたじゃねえか」

「おつきあいで頂戴しただけです」

吉の顔がひきつっていく。吉が持ってきた菓子は、高砂ばかりでなく歌舞伎役者の尾上菊五郎や市川團十郎など、名だたる江戸の人気者が太鼓判を押したものばかりだ。長屋の人たちなら、感激で涙のひとつも流しかねない銘菓である。それを、つきあいで食べたとは失礼千万ではないか。

「あれ、おめえ、菓子が嫌いだったのか」

「嫌いというわけではございません。でも、お吉さんが働き始めてから毎日のように、ここでお菓子を頂戴するようになりました。いくらなんでも、こうも頻繁《ひんぱん》では、私には度を越えております。いただきたくないものをいただくのも、申し訳ありませんし。ですから、今後、私へのお気遣いは無用にお願いいたします」

立て板に水で、絹は一気に言った。

「なるほど。わかった。それじゃ、お絹、おめえにはかまわねえことにするぞ。さ、茶を淹れてくれ、お吉」

光太郎は笑って言ったが、吉の顔はこわばったままだった。

絹にとって菓子はどうでもいい代物《しろもの》に過ぎないのかもしれない。そういう人が世の中にいることは吉だってわかっている。だがものには言い方というものがある。

絹の言葉は、菓子となると目の色が変わる吉への痛烈な皮肉にも聞こえた。人が傷つくような言葉をためらいもせず口にする絹に、吉も憮然《ぶぜん》とせずにいられない。

「お吉さん、お茶も結構ですわ。飲みたいときは自分で淹れますので」

「えっ……でも、ついでですし」

「私、もう失礼いたしますの。それに暇さえあればお茶を飲んだり、飴《あめ》をなめたり、かりんとうをかじったり、おかきをつまんだりするのが、私、嫌なんです」

絹はすっと立ち上がると、書き上げた文章を光太郎に手渡した。

「ふ〜む。こいつぁ、いいな。将軍の精力源、白牛酪《はくぎゅうらく》と生姜《しょうが》か。……夏の暑さでみな、体がまいっている時期にぴったりだ。よし、これを高砂の菓子の読物と抱き合わせにする。食べ物尽くしで、売れ行きは上がるんじゃねえか」

絹は満足げにうなずく。

結局、話の接ぎ穂が見つからず、舟で流れてきた男の子のことを、吉は光太郎に話すことができなかった。


その晩、吉はとぉんと帖に、天神下の団子屋の団子と、福来雀の手作り最中のことを書き記した。団子の砂糖醤油の餡のうまさ、最中の皮の香ばしさと小豆の組み合わせを思い出し、記憶の中で再現する。

思い出したくないのに、絹の棘《とげ》のある言葉が蘇《よみがえ》った。

吉は菓子が好きでたまらない。目の前にあれば、手を伸ばしたくなる。美味《おい》しいと聞けば、買いに走りたくなる。

食べてみなければ菓子の味はわからない。どんなうまさなのか、それが口の中に広がったときどんな心持ちになるのか、食べてはじめてわかるのだ。

吉が、長年、菓子屋で働き、菓子に目がないことを知っていて、絹はわざとあんな言い方をしているのだろう。これほど反りが合わない絹と、明日もまた顔を合わせなくてはならないと思うと、暗澹《あんたん》たる気持ちになってしまう。

布団に入ると、人それぞれ、百人百様、十人十色、三者三様、蓼《たで》食う虫も好き……まじないのように口の中でつぶやいて目を閉じたが、妙に目が冴えて寝付けなかった。

気が付くと雨が降り出していた。次第に大雨になり、雨粒が小石のように屋根を激しく叩きはじめた。ふと、舟の中で抱きしめていた男の子の青い顔を思い出した

「あの子の命が無事でよかった。どうぞ、あの子を、おっかさんやおとっつぁんが早く迎えに来てくれますように」

眠りに落ちる前、吉はそう願わずにはいられなかった。

朝になっても、天水桶をひっくり返したような激しい雨がふり続いている。

吉は筆をおき、窓の外を眺めた。

雨に濡れた町の何もかもが灰色に染まっている。

いつもは人でごった返しているここ万町のあたりも、さすがに人通りが少ない。それでも、むしろをかけた大八車や菅笠《すげがさ》をかぶり尻っぱしょりをした男たちが、時折通り過ぎる。みな、雨と泥でずぶぬれだ。

吉はため息をついた。

「菓子がうまい。上等な味わいだ。素材を選び、手間暇かけて作っている。こういう書き方は、今回、一切やめにしろ。たまにならそれでも読者は喜んで読んでくれるが、毎度おなじみになっちまったら、うんざりする。何かひねりを加えるんだ」

今日、風香堂に顔を出すなり、吉は光太郎にこう言われてしまった。

光太郎の言うことはもっともだった。

菓子の材料は、小豆、餅米、米、小麦、砂糖などに限られている。それでいて、どの菓子も、その菓子でなければ味わえないものがある。味だけではない。姿の美しさ、名前の妙、季節感など、同じものはこの世にふたつとない。だから、飽きることなく、吉はいつも新鮮な気持ちで菓子と向き合うことができる。

文章も同じだろうと吉は思う。だが、悲しいかな、どう書けばいいのかわからない。

吉は高砂との出会いを脳裏で幾度も反芻《はんすう》していた。

最中を作っているときも、最中を頬ばったときも、高砂はいい表情をしていた。力士というより、あどけない子どものような顔だ。

一方、土俵上では、裂帛《れっぱく》の気迫に満ちていた。気合を入れて四股を踏み、渾身の力をこめて鉄砲を繰り返す。大きな体と体が激しくぶつかりあうさまは、手に汗握るほどの迫力だった。

相撲見物を禁じられている女たちは、あの高砂の姿を知らない。

雨音を聞きながら、吉はようやく筆を動かし始めた。

――背丈は六尺五寸（約一九七センチ）、目方三十三貫（約一二四キロ）。両国は回向院の勧進《かんじん》相撲で全勝した大関・高砂は小山のような大男だ。肩、腕、太もも、尻……どこもかしこも、もりもりと盛り上がる力こぶでできている。齢《よわい》二十七。つぶらな瞳、赤みを帯びたきりっとした口元、鼻筋の通った横顔。さながら今金太郎だ。

四股を踏む姿は凛々《りり》しさにあふれている。

足を開き、腰をおとし、どしっと構えるや、太くたくましい脚を天に向けて上げる。その脚をどんと大地に振り下ろす。ふんっと息をはき、すかさずもう一方の足を振り上げ、また、大地を踏み固めるように足を落とす。

たちまち背中に玉のような汗が浮かび、顔は朱に染まる。

江戸を賑わせる当代一の人気力士・高砂は、日夜、こうして四股の稽古を繰り返す。

己がもっと強くなるために。そして土地の穢《けが》れ、邪気を祓《はら》い、五穀豊穣《ごこくほうじょう》や無病息災《むびょうそくさい》をもたらす力を磨くために。

左党で、辛口の酒に目のない高砂だが、稽古の合間に、よく食べるのは、浅草は福来雀の手作り最中だ。皮とあんこが別々に売られていて、食べる直前に自ら皮にあんこを詰めるという趣向の菓子だ。

やつでの葉のような大きな手のひらに、高砂は小判型の皮をひょいと乗せ、太い指で小さな木の匙を器用につまみ、あんこをすくい、詰め込んでいく。

「さくっと香ばしく焼かれている皮と、甘いあんこの組み合わせが癖になるんだ」

発売元は浅草の福来雀。もともと餅屋で、餅用の上等な餅粉で最中の薄い皮をぱりっと焼き上げている。食べるときにあんこを挟むので、皮の歯触りが最後まで残る。歯触りもまたこの最中の味わいのひとつだ――

昼までかかってやっと、そこまで書いた。外を眺めると、いつしか雨も小降りになっている。

「お吉、見せてみろ」

この書き方ではだめだと言われたらどうしようと思いつつ、吉は光太郎に原稿をさしだした。

「おめえ、なんで、こんな書き出しをしようと思ったんだ?」

腕を組んだまま一瞥し、光太郎が低い声で言う。

「本物の相撲取りの稽古は、ものすごい気迫で……。みんなが夢中になるのも道理だと思いました。でも相撲を見ることができない人もいます。土俵の上の高砂はこんなにすさまじく、いなせで……。そんな高砂が土俵を離れると、小さな手作り最中を作ってうれしそうに食べているのが、なんだかかわいらしくて。食べているときだけではなく、稽古しているときの高砂も書いたほうが、手作り最中のおいしさが際立つんじゃないかと思って……」

うつむいたまま、吉は言った。ぽんと光太郎は膝を打った。

「相撲はおもしれぇもんだって、おめえが思ったたってのが、伝わってくる……うん。あとは話の落ちだな」

「あの……書き直しは……」

「これでいい」

「本当にしなくていいんですか」

「おめえが直したきゃ直せばいいさ」

にやりと笑う光太郎の顔を、吉はぽかんと口をあけて見つめた。それから、「やった」とつぶやいた。これまでの読物は、何度も書き直しをさせられてばかりだった。まさか直さなくていいと言われるとは思わなかった。じわじわとうれしさがこみ上げる。

「ようやく、雨が止《や》んでくれた。いやぁ、ひどい降りだった」

手拭いで肩のあたりを拭きながら、真二郎が入ってきたのはそのときだった。

「真さん、お吉の今回の高砂の読物はなかなかいいぞ。絵もよろしくたのむ」

「そりゃ、楽しみだ」

真二郎は笑顔を吉に向けた。吉も笑みを返す。

真二郎はすぐさま絵筆を持った。吉も続きを書くべく、筆を握ったが、珍らしく光太郎にほめられたのが仇《あだ》になったのか、一転、頭には何も浮かんでこない。

「ちょっと風に吹かれてまいります」

吉は立ち上がり、外に出た。雨が止んで、ほの白い光が町を照らし始めている。雨に閉じ込められていた人が、町にどっと出てきていた。

魚河岸《がし》帰りの棒手振《ぼてふ》りが早足で行き過ぎ、野菜を積んだ大八車が泥水をはねあげながら走って行く。

雨宿りをしていた小舟もいっせいに川に漕ぎ出していた。

祖母らしき女がよちよち歩きの男の子の手を引いて、吉の横を通り過ぎた。その子が足を止め、いやいやと首をふり、両手を伸ばして抱っこをせがむ。

胸元からおぶい紐を取り出して、女は手際よく子どもを背中にくくりつける。

「坊の腕はまるまると太いねぇ。あんよもぷんぷくまんまるだ。おっきくなったら、きっと力持ちの男になるよ。はっけよい、のこったってお相撲さんになるかもしれないねえ。さ、おうちに帰って、麦湯を飲もうねぇ」

後ろにまわした手で子どもの尻をとんとんと軽くたたきながら、女は歌うように言う。

吉ははじかれたように風香堂に戻った。そして、原稿の終わりに『これぞ、高砂の力最中である』と書いた。だが、前の文章との通りが今一つ悪い。頬杖《ほおづえ》をついたまま、考え込んでいると、光太郎が後ろから覗き込む。

「この最中を、高砂は何口で食べた？」

「三口《みくち》です」

「それを間に入れろ。最中と高砂の大きさの対比ができらぁ」

「はいっ！」

吉は筆にたっぷり墨をつけた。

――ぱくり、ぱくり、ぱくりと、高砂は最中を三口で食べ切る。

これぞ、高砂の力最中だ――

光太郎がうなずいた。

真二郎も絵を描き上げていた。高々と足をあげて四股を踏む高砂の神々《こうごう》しいような姿が描かれている。そしてその脇に、あんこ入りの皮をもう一枚の皮でふたをしようとしている絵が添えられている。大きな手と小さな最中の組み合わせが人目を惹《ひ》く。

清書をほぼ終えたところで、下から声がかかった。

「お吉、おめえに用事だってよ」

「はい、ただいま、まいります」

いったい誰だろうと思いながら、階段を降りると、上田の配下の御用聞きでこの一帯を縄張りにしている小平治《こへいじ》がいた。

「仕事が終わったら、申し訳ありやせんが、宗伯先生のところに顔を出しておくんなさいと、上田さんからの言伝《ことづて》です」

小平治はよく通る声で言う。

「あの子に何かあったんですか」

昨日の男の子の青白い顔を思い出し、吉の胸がきゅっと縮んだ。

「ここではちょっと。おいらからじゃなく、上田さんから聞いてくだせえ」

そう言うと、小平治は急いでいるらしくすぐに出て行った。

あの男の子は無事なのだろうか。そう思うと、いてもたってもいられない。

そんな吉を、光太郎の息子で一階を取りしきっている清一郎が手招きをした。

「おめえ、今日、ちょっと外に出てただろ。そんときに、男がおめえを訪ねて来たぜ。お吉は今出かけてると言うと、明日あたりおめえの読売が出るのかと聞いてきた」

清一郎は低い声で言った。

「えっ、男の人が、あたしの読物⁉」

「ああ。今日はずっと二階にいるようだから、きっと明日か明後日《あさって》には出るだろうと、とりあえず言っといたがな。……名前を聞いたら、そいつ、さっといなくなっちまった。ありゃあ、いってえ、誰だい」

「えっ⁉」

「心当たりがあるだろ」

「いえ……。誰かしら」

世の中に多く出回っている嘘っぱち三昧《ざんまい》の読売や幕府を批判する読売は、取り締まりを恐れ、版元を載せていないが、風香堂では、版元を記載している。だが、誰がその読物を書いたか、絵を描いたかというのは風香堂でも、記していない。

だいたい、吉が読売書きであることを知っている人など、両手の指で数えられるほどしかいない。吉の読物を楽しみにしている男となればさらに少なく、松緑苑の松五郎や曲亭馬琴くらいだろう。

頬に手をあてて考え込んだ吉を、清一郎は怪訝《けげん》そうに見た。それから、清一郎はやっぱり言っておくという顔で切り出した。

「……おめえもいい年だ。いろいろ事情があるだろう。いいってことよ、男の名前を言わなくても。だが……上等じゃねぇ風体《ふうてい》の、人相があんまりよくねえ男だったぞ。三角顔に細いキツネ目が鋭くて……おめえ、付き合う人間を考え直したほうがいいんじゃねえのか。いくら若くねえといっても、いちおう、女なんだから用心はしたほうがいい。あんなやつらと付き合っていると、いつか、どっかへ売り飛ばされちまいかねねぇぞ」

清一郎の口が悪いのは親譲りでしかたがない。親切心で、清一郎は言ってくれたとは思う。それは重々わかっていても引っかかる言い方だった。

その上、風体も人相も悪い男など、心当たりがない。いやな気持ちになったのは、高砂の文を持ってきた男のことを思い出したからだ。はっきりとは記憶に残っていないが、そう言われると風体も人相もよくなかった男だったような気がする。

それにしても、その男は、なぜ、吉の読物が出る日を聞きに来たのだろう。不安がざわざわと吉の胸に広がっていく。

階段を上ると、光太郎が仁王立ちで、吉を待っていた。

「あの声は御用聞きの小平治だろ。小平治が何だって、おめえに」

気持ちを立て直すこともできないまま、吉は昨日の出来事を話した。

吉が話し終えると、光太郎はかっと目を見開き、大声で怒鳴った。

「おめえ、なんで黙ってた。おれは年がら年中、口を酸っぱくして、町で何か、変わったことに出くわしたら、必ず話を拾って来いと言ってるよな。頭にたんこぶを作った坊主が舟で流れてきて、宗伯先生のところに運ばれたが、親は名乗り出てこねえ。そんな話をどうしておれの耳に入れねえんだ。さしずめ、その坊主は桃太郎で、舟は桃だなんていう気じゃねえだろうな」

「も、申し訳ありません。つい話しそびれて……」

光太郎は容赦《ようしゃ》なく、詰め寄る。

「で、なんで同心の上田さんがおめえを呼んでいるんだ?」

「さあ……なんにもおっしゃらなくて……」

「わかんねえってか。ったく、じれってぇやつだな。読物の清書が終わったら、すぐに宗伯先生んとこに行ってこい。話によっては読物にする。上田さんだけじゃなく、宗伯先生の話も聞いて、坊主の様子もその目でしっかり見てくるんだ」

張り飛ばすような口調で言われて、吉は「はい」と答えるのがやっとだった。

清書したものを吉から受け取ると、光太郎は立ち上がった。

「すぐ刷りに回す。さっさと出かけろ」

光太郎に追い出されるようにして、吉は風香堂を出た。雨を含んだ道はまだぬかるみ、ところどころに水たまりが残っていた。


患者数人が並ぶ待合室を抜け、診療所の奥の部屋を覗くと、頭に白い晒《さら》しをまいた男の子が布団の上に寝ていた。男の子が無事だったことに吉は胸を撫でおろした。小平治に宗伯の私室に案内されると、そこで上田が待っていた。

「頭を強く殴られたせいだろう。自分が誰かさえわからねぇんだそうだ」

吉が部屋の隅に座ると、上田は静かに切り出した。

今朝、男の子は気が付いた。だが、名前も、住んでいた町も思い出せない。

「わからないって……そんなことがあるんですか、歳を取ってるわけでもないのに」

「頭を打つと、そうなることがあるらしい」

上田がそう言ったときだった。人の影が庭にきざした。

「真二郎さん」

思わず、吉が腰を上げる。真二郎が枝折《しお》り戸を開けて入ってきた。

「近くまで用事があったから、ちょいと寄ってみた」

「ちょっとって……さっきまで風香堂にいらしたのに」

万町から小走りに急いだ吉がたどり着いてから、ほんのひとときしかたってい
ない。その後に風香堂を出て用事を済ませて、この早さでここに来ることなどで
きるはずがなかった。

上田は真二郎に、男の子が記憶を失っているという話を繰り返した。

「いつになったら記憶を取り戻すかも、皆目《かいもく》わからんらしい。今晩、思い出すか
もしれねえし、一年二年、いやもっと時間がかかることもあるという」

「厄介《やっけえ》な話だな。名前がわからねえなら、親を探すこともできやしねえ」

「その親があの子をぶん殴ったのかもしれねえしな」

上田がやりきれない表情でいった。真二郎が盆のくぼに手をやる。

「世の中でいちばん多いのは、係累《けいるい》間の人殺しだからなあ」

いろんなことを見聞きしているからなのだろうが、馬琴といい、光太郎とい
い、真二郎といい、ろくでもないことばかり考えてしまうものらしい。

「親が訴えられない状況にあるかもしれないって、馬琴先生がおっしゃっていま

した」

吉は昨日の馬琴の言葉を思い出して言った。そう言いつつも、吉の気持ちがだんだん重くなる。

上田がうなずく。

「確かに。親が殺されていることだってない話じゃねえ」

「……思い出せねえふりしているのかもしれねえしな」

そういって顎を撫《な》でた真二郎を、吉は驚いた目で見た。

「子どもが、そんなこと……」

「追い詰められたらなんだってするさ」

「真二郎さんって、ほんとに、疑り深いんですね。あんな小さな子どもにそんな芸当ができるもんですか」

吉は頬を膨らませ、わざとそっぽを向いた。もうこんな嫌な話をよしにしたいと耳を塞ぎたくなる。だが、真二郎は吉の気持ちなどお構いなしに続ける。

「大人が思っているより、子どもはもっとずっといろいろ考えているもんだぜ」

「それでだ、お吉さんにふたつ、お願いしたいことがある」

上田は吉に向き直り、おもむろに口を開いた。

「なんでしょう」

「あの子が生きているとわかったら、もう一度命を狙われることだってあるかもしれねえ。だから、読売でとりあげるのは待ってほしいんだ。それがひとつ」

吉は「はいっ」と言って、膝を進める。

「それはもう。おっしゃる通りにいたします。あの子の命を危険にさらす読物など、ええ、絶対に書くもんですか。旦那さんが書けといっても、決してとりあげません」

吉はがくがくと首を縦《たて》に振った。菓子のこと以外、端《はな》から書く気はない。現金なことに、気が楽になった。

「それでもうひとつはなんでしょうか」

上田は一瞬口ごもったが、鼻から息をはき、口を開く。

「男の子のことだ。しばらくの間は宗伯先生のもとで回復を待つことになるが、いつまでもここに預けておくわけにはいかねえ。親など引き取り手がいねえ子どもは、御用聞きや名主《なぬし》が引き受けるのだが……」

小平治のところは四人小さな子どもがいて、ひとりは先月、生まれたばかり。名主は年寄りのひとり暮らしの上、足が不自由でどちらも子どもの世話ができるような状況ではないという。

「お吉さん……。あの子の面倒を引き受けちゃあくれねえか」

いきなり、上田が振り絞るように言った。

「えっあたしが」

つい吉の声が尖《とが》った。

「あの子を助けたのを何かの縁だと思って」

「突然、そんなことを言われても……」

「幼いころから弟や妹の世話をしてきたと聞いたが」

「弟と妹は……。そうするよりほかなかったからで……」

吉は唇をかみしめた。吉は五歳下の妹加代《かよ》と、六歳下の弟太吉を十二歳のときから育てた。両親が大火事で死んでしまったからだ。

加代は十七歳で大工の平太《へいた》に嫁《とつ》ぎ、今では一歳の息子と三歳の娘の母親だ。弟は松五郎の紹介で、十二歳から小豆問屋の「若本屋《わかもとや》」で働いている。弟妹と三人一緒に暮らせたのは幸せだったと思う。

けれど、吉は息つく暇もなかった。朝は暗いうちから起き、飯を炊き、洗い物を終えてから松緑苑に働きに行く。帰ってくれば、お菜を用意し、湯屋に弟妹を連れて行き、二人を寝かせてから繕《つくろ》い物もした。

ひと月とか二月《ふたつき》とか、期間が区切られているのならまだしも、男の子の記憶がいつ戻るかわからない。記憶が戻っても親が見つからないことだってある。

そのうえ、いったん引き受けたら途中で、放り出すこともできやしない。

だいたい今は、風香堂の仕事に慣れるので精いっぱいなのだ。

「堪忍《かんにん》してください……。今のあたしはとてもそんなことお引き受けできません……」

吉は頭を下げると、外に飛び出した。

すっかり日が暮れている。

「気にすることたぁないぜ。上田も勝手なことを言いやがって」

追いかけてきた真二郎がぽんと吉の肩を叩いた。

宗伯のところで借りてきたらしい提灯《ちょうちん》に、真二郎は手早く火を入れた。その明かりがふたりの足元をぽっと照らす。

「本来、おれたちが首をつっこむ問題じゃねえんだ。あんまりな話だと思ったぜ」

吉の足が止まった。くるりと振り向いて真二郎を見つめる。

「なんで、真二郎さんが宗伯先生のところにいらしたんですか」

「いや……小平治が来たというから、ちょっとばかし気になって……」

真二郎はそれっきり、口ごもる。

「まさか、上田様の魂胆《こんたん》を知っていらしたんですか」

「………」

「上田様を加勢するために⁉」

「はぁ？　おれだって初耳だよ」

「与力のぼっちゃんだし」

「ぼっちゃんはやめろ！」

さっき清一郎から投げつけられた「若くない、いちおう女」という言葉が、吉の胸に不意に蘇《よみがえ》った。

「……若くなくて、いちおう女だからちょうどいいって、上田さんは思ったんだわ。だから子どもを押し付けられるって……。真二郎さんもでしょ」

言っているうちに、自分が惨めに思えてきて目に涙がにじんだ。

「八つ当たりしてんじゃねぇよ。おめえらしくもねえ」

困ったような声で真二郎が言う。その通り八つ当たりだ。自分でもひどいと思う。でも、止まらない。

「あたしらしいって……あたしのことなんか何も知らないくせに。あたしは、ちょうどいい女なんかになりたかないんです。……泣いたら泣いたで、涙が似合うのはうりざね顔の女だけだなんて言われちゃうし、好きでへちゃむくれに生まれたわけじゃないのに」

うりざね顔うんぬんは、真二郎が前に吉に言った言葉だった。以来、真二郎の前では泣かないと吉は決めていたのに、ぼろぼろ涙がこぼれ落ちる。

「……おめえに似合うのは笑顔だって言いたかっただけだよ」

「ばかみたい。年がら年中、笑っていられるわけないじゃないですか」

吉は子どもみたいに、袖で涙をぬぐいながら歩く。

真二郎は黙って歩みを合わせた。大通りを過ぎ、海賊橋《かいぞくばし》を渡る。

八丁堀坂本町《さかもとちょう》の吉の長屋の前に着いたとき、吉は頬に手をあてた。涙のあとが筋になっていた。このまま、真二郎と別れてしまったら、明日、合わせる顔がない。唇をかみ、真二郎に向き直った。

「……すみません。言い過ぎました」

視線を避けるようにして吉は頭を下げた。

「まあ、いいさ。いつも我慢してんだ」

「え……？」

思いがけない真二郎の言葉に、吉は驚いて顔を上げる。

「たまには言いてえことを言えばいい。うりざね顔でなくても、泣きたいなら泣きゃあいい。明日は高砂の発売だ。元気に風香堂に来るんだぜ」

真二郎は、吉の額をつんと指で押した。

その二　琥珀羹《こはくかん》きらり

「江戸に人気者は数々あれど、『一年を二十日で暮らすよい男』といったら、力自慢の相撲《すもう》取りだ。隆々《りゅうりゅう》と盛り上がった体と体を渾身の力でぶつけあう様は、なんとも神々《こうごう》しいばかりでぇ。それも道理、相撲は天下泰平《たいへい》、子孫繁栄、五穀豊穣《ごこくほうじょう》を願うものだ。ってことはさしずめ、相撲取りは、神様とこの世を結ぶ立役者でもある。

その中で今、一、二の強さを誇り、ぐんぐん力を増しているのが、加賀藩お抱えの高砂だ。得意技は右四つ、寄り投げ！

背丈は六尺五寸で目方三十三貫。

おまけに男でもうっとりするほど、男前だ。

この高砂が、毎日楽しみにしている菓子がある。その菓子を、家の坊主に食べさせりゃ、高砂のような相撲取りになるかもしれねぇ。そしたらおとっつぁん、おっかさんは左団扇《うちわ》だ。さあ、買っとくれ。相撲の見物料は土間席でも三匁《もんめ》、桟《さ》敷《じき》席なら四十三匁は下らねぇ。読売はたったの四文。さぁ買った買った！」


万町の風香堂の前で、早くも読売売りが声を上げていた。

「そこの旦那《だんな》さん、今朝《けさ》、すぱっと起きられたかい。

その日の疲れはその日のうちにとるってのが長寿健康の秘訣《ひけつ》だ。

とはいっても、こうも暑さが続くと、どうも体がしゃんとしてくれねぇ。

そういうときにあやかりてえのは、やっぱり将軍様だぜ。

男児が二十六名。女児は二十六名、計五十二人のお子を持つ。つまるところ、
それほどまでに励んでも、体はぴんしゃん、子孫繁栄の神様のようなお方だ。

精力絶倫の将軍様が毎日、召しあがってらっしゃるものがある！　それが何かって？　教えちゃおうかな。どうしようかな。

――ひとつは『白牛酪《はくぎゅうらく》』。そしてもうひとつは生姜《しょうが》！

白牛酪がわかんねえ？　なら、この読売を買っとくれ。

それが何か、どうやって作るか。克明《こくめい》に書いてある。

元気で長生きしたいなら、読売四文なんて安いもんだ。

おっと、それで子どもが増えても、こちらは与《あず》り知《か》らねえがな。

さぁ、買った買った！」

風香堂の二階から、読売売りに群《むら》がる人々を見下ろして、売れ行きはまずまずだと吉はほっと胸を撫《な》でおろした。

しばらくして真二郎が階段をだだっと駆け上がってきて、奥に座る光太郎の前に一枚の紙をぱしっと叩きつけた。

「両国で、この読売が売られていたと棒手振《ぼてふ》りが……」

目を走らせた光太郎の顔色が変わった。

「……お吉！　これを見ろ」

その読売を見た吉は凍り付いた。

「当代一の人気力士・高砂の好きな菓子。一等・浅草福来雀の手作り最中《もなか》、二等・両国花嵐《はなあらし》の胡麻《ごま》せんべい、三等・神田とんぼの砂糖醤油《じょうゆ》団子」と書かれている。高砂とおぼしき相撲取りが右手に最中、左手にせんべいと団子の串を持ち、見得《みえ》をきっているような絵が描いてある。

柳の下にどじょう三匹と言われるように、読物が真似《まね》されるのはよくある話だと常々光太郎は言っていたが、そんなものではない。

「真似たにしても……これはねえな」

真二郎がうめいた。光太郎が苦々《にがにが》し気にうなずく。

「同じ日に、同じ内容で同じ人物を取り上げるなんてのは、聞いたことがねえ」

その読売には、版元《はんもと》の記載はなかった。たとえ版元がわかったところで、先方が真似たことを認めるはずもない。

「とんぼの団子まで。……高砂さん、あの日、はじめて食べたみたいだったのに……」

光太郎は顎《あご》に手をやり、考え込んだ。しばらくして低い声で命じた。

「お吉と真二郎はとりあえず、高砂と浅草の福来雀に、読売を届けてこい。こんな読売も出ているが、知っているかと尋《たず》ねてみろ。たぶん、どっちも知らんと言うだろうが」

真二郎と吉は本郷の加賀藩上屋敷に向かった。高砂は不在だったが、付き人に風香堂の読売を手渡し、もうひとつの読売を見せると、驚いた顔で首をひねった。まったく見当もつかないという。

「花嵐の胡麻せんべいも高砂関の好物ですが……とんぼの団子って、姉さんが先日、持ってきてくれた団子ですよね。……確かにうまそうに食べなさったけど……」

「高砂関がこの団子を食べたことを知っている者は……」

「そのときにいた弟力士ふたりと、力士見習のおれと三人だけです。けど、みな、そんなことを他の読売にべらべらしゃべるような真似はしませんよ」

浅草の福来雀の主は、「ふたつの読売で取り上げられて、千客万来《せんきゃくばんらい》だ」と機嫌よく言った。ただし、もうひとつの読売はこちらにも、とりあげるという知らせはもちろん、聞き取りにも来ていないという。

風香堂に戻ると、光太郎がぶすっとした顔で座っていた。やはり思ったほど高砂の読売は売れていないようだ。

清一郎が話があると言って、階段を上ってきたのはそのときだった。話はもう一枚の読売の件だった。

「おめえの読売がいつ出るのかと聞いてきた男がからんでるんじゃねえか」

清一郎は吉に言った。あっと、吉は声を呑《の》みこんだ。

だとすると、風香堂の、いや、吉の読売をつぶすという明確な意図をもって、同じ読物を同じ日にぶつけてきたということになる。

「男？」

光太郎が顔をあげる。清一郎は、手短に昨日の出来事を話した。

普段は寄ると触ると口喧嘩《げんか》ばかりしているが、今日は顔を寄せ合い、真剣な面持ちで話している。

「ご存知《ぞんじ》ですか。この読売！」

絹が入ってきたのはそのときだった。絹の顔から血の気が引いている。

「表は大変なことになっています。風香堂が他の読売を真似して、高砂を取り上げたなんて大声で喚《わめ》いている人がいるんですよ。もちろん出元は、この読売を仕掛けた人でしょうけど」

「そんな……ひどすぎる」

うなだれた吉の耳に、窓の外から胴間声《どうまごえ》が飛び込んできた。あわてて、外を覗《のぞ》くと、派手な長半纏《ながばんてん》をひっかけた遊び人風の男がふたり、仁王立《におうだ》ちになって、口汚くはやし立てていた。

「高砂の読売の書き手、出てこい。お吉って名前だってことはわかってんだ。他の読売を真似しやがって。風香堂も落ちたもんだぜ。そんな女を雇《やと》うなんてよ」

長身の男が叫ぶ。眉《まゆ》毛が濃く、首筋に刀の傷跡《きずあと》がある。

「高砂も話をでっちあげられて迷惑しているってよ。当代一の人気相撲取りを困らせるなんて、とんだ女だ」

もうひとりの男は、頬《ほお》の肉がそげ、糸のように細い目をしていた。清一郎が言っていた三角顔の男だと、吉はぞっとした。

「白牛酪と生姜の話も、嘘《うそ》かもしれねえな。将軍様の食べ物なんて代物《しろもの》、誰も確かめようがねえじゃねえか」

「わ、私の読物まで、あんなことを言って……許せない」

きっと唇《くちびる》をかんで立ち上がろうとした絹の肩を、真二郎が押さえつける。

「今、出て行ったら、よけい厄介《やっけえ》なことになる」

絹は真二郎の手を振り払った。

「言わせておくんですか。店の真ん前であんなこと。店に泥を塗りたくられているんですよ。今まで築いた風香堂の信用に唾《つば》をはいているんですよ」

「頭に血を上らせたら、向こうの思うつぼだ」

真二郎がなだめるように言う。清一郎が立ち上がった。

「私が話をする。悪いが真さんも頼まれてくれ。あの風体《ふうてい》では、懐《ふところ》に何を忍ばせているかわからねえ」

真二郎がうなずき、清一郎に続いて階段をおりた。

しばらくして清一郎と真二郎は外に出た。男たちを七重八重《ななえやえ》に取り囲んでいた野次馬がふたりに道をあけ、興味津々《しんしん》に、成り行きを見つめている。

清一郎は男たちの前に出ると、足を肩幅に開いた。真二郎はすばやくその後ろに控える。

「穏やかじゃねぇな」

眉間《みけん》にしわを寄せ、よく通る渋い声で清一郎は言った。

「おめえが女の書き手を雇っている風香堂の主か。は、そんな顔してやがるぜ」

男たちは平然と清一郎にも食って掛かる。

「誰にいくらで頼まれた？」

「誰にも頼まれちゃいねえよ」

「これ以上、ことを荒だてたら、こっちだって黙っちゃいねえ」

どすの利《き》いた声で清一郎が言う。

「黙っちゃいねえってか。柄《がら》の悪い読売屋だ」

「その言葉はそっくりそのまま、お返しするぜ」

男二人は顔を見合わせ、ふんと鼻をならした。

「……まあ今日のところはこれまでにしといてやる。またな」

清一郎に向かって不敵《ふてき》ににやっと笑い、男たちは京橋《きょうばし》のほうに歩いていく。

清一郎は野次馬に向かい、深々と頭を下げた。

「お騒がせして申し訳ありません。風香堂の主でございます。どんな商売でも、足を引っ張ろうとするものはおります。先を走っていれば、残念ながら真似られることもございます。けれど、真似は本物には敵《かな》いません。うちの読売は書き手も絵師も一流。ご覧ください。この高砂の絵など、相撲絵にも負けねえ出来栄えでございやせんか」

清一郎は満面の笑みを浮かべ、読売の一枚を高く掲げ、逆に宣伝をはじめた。

そのとき、数人の男が風香堂から、男二人が消えた方向に向かった。

清一郎の口上《こうじょう》は続く。

「先ほど、この読売を高砂が住まう加賀藩上屋敷に書き手自《みずか》ら届けてまいりました。それができるのは、しっかり聞き取りを行なっているからに相違《そうい》ありやせん。将軍様の食べ物のネタ元は、残念ながら口にすることはできませんが、間違いのねぇ確かな筋からの話でございます。……ところで、こんな騒ぎを起こした読売、これまでありやしたか？　この読売をお買い上げいただきましたら」

　そこで、清一郎は口調を変えた。

「おまえさん、知ってるかい？　この間、ごろつきが風香堂に押し寄せたんだ。そこにおいらも居合わせてよ。そのネタ元がこれ、この読売だぜ。……てなこと言って、お楽しみいただくこともできまさあ」

「一部四文、安いよ安いよ」

「はいはい、早いもの順だぜ」

　読売売りが引き継ぎ、声をあげた。

「こっちに一部、おくれ」

「あたしにも」

　野次馬たちが読売売りに手を伸ばした。

「清一郎さんも、昔、読売売りの修業をやってただけのことはありますね。なかなかうめえもんだ」

　戻ってきた真二郎が苦笑した。

「申し訳ありません。あたしの読物のせいで、こんなことに……」

吉は胸がつぶれそうだった。憎々しく吐き捨てるような男たちの声、言葉。それがすべて自分に向けられていた。そのことを思うと、体が震えてくる。

どうして、こんなことになってしまったのだろう。なぜ吉なのだろう。どこで間違ったのだろう。目に見えない罠《わな》が、吉の行く先々に張り巡らされていたのだろうか。膝《ひざ》を握りしめていた手の甲にぽたっと涙が落ちた。

「誰が何のためにこんな真似しやがったのか……だが、吉の読物に落ち度はない。でえじなのはそこだ」

光太郎が静かに言った。吉は高砂の読物を書き上げたときの喜びを思い出した。書き直しを命じられなかったのは初めてだった。

でも、あのとき、自分は油断したのではないか。

昨日と同じ今日がずっと続くと吉が安心した瞬間、いつだって大切なものが奪われるということを、調子に乗って忘れてしまったのではないか。

両親が生きていた頃の安心した暮らし、この人ならと未来を夢見た長次《ちょうじ》との時間……幸せだと有頂天《うちょうてん》になるたびに、すべてが崩れ去った。

ここから逃げ出したい。そうできたらどんなに楽だろう。

どだい、自分には書き手なんて向かなかったのではないか。菓子屋の女中であったなら、こんな目にはあわずに済む。

吉は両手を握りしめた。首をもたげて襲いかかろうとする弱気の虫を、首をふって追い払おうとした。

逃げて、なかったことにしようとしても逃げきれないことは、自分がいちばん知っている。そういう自分でなくなるために、この読売の世界に飛び込んだのではないのか。

目に涙がまた膨《ふく》れ上がる。

「いかにも簡単に引き下がりやがったのが気になる。あいつら、これで終わりにする気はねえな。お吉、気をしっかり持っておけ」

清一郎が階段を上ってきた。

「ご、ご迷惑をおかけして……本当にすみません」

吉は膝に胸がつきそうなほど深く清一郎にも頭を下げた。

「風香堂のためだ。おめえのためにやったんじゃねえや。親父と違って、おれはすぐめそめそ泣いて、それで済むと思ってやがる女の書き手など認めちゃいねえよ。っつうことで」

それだけ言うと、清一郎は下に戻っていく。顔を上げた吉は視線を感じて振り向いた、絹が目を三角にして、吉をにらんでいる。ひな人形のように整った顔に怒りがにじんでいた。泣いてごまかすなとその目が言っている。絹は女の書き手がばかにされることが許せないのだ。

吉は涙を指で拭《ぬぐ》い、唇をかみ、天井を見つめた。

自分はどうすればいいのか。今、何ができるのか。すべきなのか。

もう一度、例の読売に目を通した。浅草・福来雀の手作り最中、両国・花嵐の胡麻せんべい、神田・とんぼの砂糖醤油団子……。

あの日、高砂ははじめてとんぼの団子を食べたのだ。

とすると、この読物を書いたのは、その日、団子を食べたのを知っている人か、吉たちが高砂への土産《みやげ》に団子を持って行ったことを知る人に限られる。

誰かがあの日、後を尾《つ》け、吉がとんぼで団子を買ったのを見たのだろうか。そんな暇人、いるのだろうか。それとも真二郎と吉が団子の包みを持って歩いているのを偶然、目にしたのだろうか。

吉ははっと顔を上げた。

「真二郎さん、団子の包みに、とんぼという判子《はんこ》が押してありましたよね」

「ああ、でっかい判子だったな……」

「……私、もう一度、付き人さんに会ってまいります」

吉は外に飛び出した。早足で加賀藩上屋敷まで行ったものの、門番は付き人はじめ高砂はついさっき出かけてしまったと言った。明日、行徳《ぎょうとく》で勧進《かんじん》相撲があり、帰りは早くても明後日になるという。

門番に礼を言い、吉は踵《きびす》を返した。

「お吉じゃねえか。とぼとぼ歩きやがって。それじゃまるで、昼の幽霊だぜ。ぞっとしねえなぁ。しゃきっとしろ、しゃきっと」

明神下で声をかけてきたのは馬琴だった。馬琴は兎園会《とえんかい》に行くところだという。

兎園会は、文人が毎月一回集まって、見聞きした珍談奇談を披露《ひろう》する会だ。馬琴はその元締めを買って出ている。

例の男の子はもう床から起きているが、記憶が戻る様子はないと馬琴は苦い顔で言った。

「利発そうな顔をしているが、自分からはひとことだってしゃべらねえ。陰気でかなわねぇや」

兎園会で、男の子の話をするのかと吉が聞くと、馬琴はさらに不機嫌な顔になった。

「そんな中途半端な話をするわけねぇだろ。まだ全容がわかっていねぇのに。馬鹿言ってんじゃねぇよ」

馬琴はふっと表情を消して吉の顔を覗き込んだ。

「……ところでお吉、読物が、真似られたって聞いたぜ」

「もうお耳に入っていたんですか」

「ちょいとな」

「……ほんとにとんでもないことになってしまって……」

「まあ、元気を出せ。やっけぇなことだが、世の中にねぇこととでもねぇ。思い悩んだりしたら、向こうの思うつぼだ。じゃあな」

うなだれた吉の肩をぽんと叩《たた》いて馬琴は船着場のほうに歩いて行く。馬琴なりに慰《なぐさ》めようとしてくれたのかもしれない。その気持ちがありがたくて、吉は馬琴の背中に向かって深々と頭を下げた。

「次は誰に聞き取りに行くか決めたか」

風香堂に戻ると、光太郎が言った。

「あたしがまた書いても……よろしいんでしょうか」

光太郎がぎょろりと目を光らせる。

「あたりめえだ。書き手を遊ばせてるつもりはねえや。もし決まってねえなら、およしに頼め」

「湯島のおよしさんですか」

「それ以外に誰がいる」

よしは、鳶《とび》の頭《かしら》の後家《ごけ》で、旦那亡き後、鳶たちの面倒をひとりで見ている女丈夫《じょじょうふ》だ。男たちでさえ遠巻きにするしかなかった酔漢を前に、よしは腰巻一枚で立ち向かい、見事、刀を取り上げたこともある。

それを読物に仕立てたのは絹だった。その読売は評判になり、人々が家に押し掛け、よしは外に出ることもままならなくなった。何もかも読売のせいだと憤慨した鳶は風香堂に押し掛け、絹と間違えられ、詰め寄られたのが吉だった。

よしは鳶たちの誤解をとき、吉に謝ってくれた。そのときに、よしが出してくれた水羊羹が歌舞伎の市川團十郎の思い出の菓子であり、松緑苑の松五郎と翠《すい》緑堂《りょくどう》の主となった勇吉《ゆうきち》を結びつけるきっかけとなった。

あのとき歌舞伎『白波五人男《しらなみごにんおとこ》』の台詞《せりふ》をもじり、書き上げた読物を、吉は一字一句そらんじている。
――問われて名乗るもおこがましいが、生まれは成田屋《なりたや》九つの歳から親と死に別れ、身の生業も　白波を越えたる芸道、精進すれどもおごりはせず今や六十余州に隠れのねえ　花を咲かせし團十郎。
さてその團十郎が思うのは、五代目の祖父、六代目の父と食せし水羊羹。あれから二十五年、ついに見つけた懐かしの　味は五代目妾宅からほど近き本郷の店「旬」の名品だったとは
和三盆の甘さ広がる　こしあんに淡淡小豆が混ぜ込まれ　鼻にぬけたる黒糖の香りゆかしい水羊羹
所改め、名改め、小松町に新装開店「翠緑苑」にて発売中――
よしが出してくれた水羊羹は、幼い日、團十郎が祖父と父と稽古の合間に食べた思い出の菓子だった。それだけではない。吉がその水羊羹を松五郎に持ち帰ったことから、松五郎と勇吉は再会し、松五郎の松緑苑のあった場所で、勇吉は翠緑堂を再興することになった。勇吉は、松五郎がかつて修業をしていた翠緑堂の

跡取りで、店を閉じてまで探し出そうとしていた人物だったのだ。

よしに会いたいと吉は思った。けれど素直にうなずくことができない。また読売のことでよしに迷惑がかかったらと思うと、腰をあげることができない。

「こういうときだからこそ、動け。止まるな。四の五の言わずに明日の朝、行ってこい」

光太郎は有無《うむ》を言わさぬ表情で言った。

翌朝、吉はまず翠緑堂に向かった。勇吉の水羊羹は、およしの好物のひとつである。

「まあ、お吉さん。顔を見てほっとした。風香堂で大変なことがあったって聞いたから」

勇吉の嫁の栄《えい》は、吉の手をとらんばかりに言った。栄は、年齢を重ねても肌がきれいで、目に愛嬌があり、若々しい。

「ご心配をおかけして……」

吉の口から小さなため息がもれ出た。栄まで、昨日の出来事を知っていたとは思わなかった。

長床几《ながしょうぎ》に座った吉に、麦湯を出し、栄は隣に腰をかける。

「もし……もしなんですけどね、お吉さんさえよかったら、うちで働いてもらえないかと思っているんだけど」

「えっ⁉」

目をしばたたいた吉を、栄はまじまじと見返す。

「前の小さな店からここに引っ越して、翠緑堂の看板を掲げた以上、あの人、菓子を幾種類も並べた昔の翠緑堂みたいな店にしたいって。それで今、松五郎さんのところで修業していた職人さんに、戻ってきてもらえないかって、話をしているところなの。店を切り盛りする人も探していて、お吉さんなら、松五郎さんとお民さんの秘蔵っ子だし、菓子のことを何でも知っているから、安心してまかせられるんだけど」

吉の心がぐらっと揺れた。

ここで、うなずいてしまえば、元の世界に戻れる。

「はい」と言ってしまえという自分の声が聞こえた。

そうだ、それがいいに決まっている。

だが、喉《のど》がひりついたように、声が出ない。

「……ごめんね。突然すぎよね。……考えてもらえないかしら。いい返事がもらえたらありがたいんだけど」

そう言われてはじめて、吉は自分の顔にためらいの色が浮かんでいたことに気が付いた。

「……ありがとうございます」

やっとのことで声を絞り出した。

よしのところに水羊羹を持っていくと言うと、栄は代金はいらないと言って、大きな包みを吉に渡した。

「近くにおいでのときは、ぜひお顔をみせてくださいと伝えてくださいな」

張り切って仕事をしている栄の輝く笑顔がまぶしかった。

栄の言葉が何度も、耳の奥に響く。

お吉さんなら菓子のことを何でも知っているから安心してまかせられる……。

ありがたくて、涙が出そうになる。

それなのにすぐに返事をしなかったのはなぜなのだろう。

あんな目にあって、清一郎たちにまで迷惑をかけて、みんなに心配をかけて、

読売の書き手を続ける理由がどこにあるのだろう。

答えがみつからない。

半月ほど前によしの家を七重八重に取り巻いていた人々の姿はもうなかった。

「人のうわさも七十五日というが、十日だったね。天神祭があっただろ。おかげで、わたしの話なんぞ吹っ飛んじまった。湯島天神様様《ゆしまてんじんさまさま》だよ」

よしがからっと笑う。天神祭は、華やかな神輿《みこし》の練り歩きや神楽《かぐら》奉納で知られている。祭礼の設営から警固《けいご》までを取り仕切ったのはおよしのもとにいる鳶たちだった。

「ところで鳶のみなさんは？」

誰もいない室内を見まわして、吉は聞いた。

「明後日、湯島天神で富つきがあるんだ。その桟敷《さじき》作りに駆《か》り出されているんだよ」

湯島天神の富つきは人気が高く、目黒不動《めぐろふどう》と谷中《やなか》の感応寺《かんのうじ》と並び「江戸の三《さん》富《とみ》」と呼ばれている。一朱が百両に、一分が千両にも化けるのだから、一獲千金を夢見て町人も侍《さむらい》も熱狂し、富くじは即日完売の大賑《にぎ》わいだった。

水羊羹を土産に渡すと、よしの頬にえくぼができた。

「あんたが届けてくれた水羊羹の読売、おもしろかったよ。この水羊羹が團十郎の好物でもあったなんてねぇ。この界隈の人も読売を手に大騒ぎだった」

吉は顔をあからめた。思いがけないほどのうれしさがこみあげる。

だが、吉が好きな菓子の話をしてもらえないかと切り出すと、およしは眉間《みけん》にしわを寄せた。

「それを読売に載せるのかい？」

「いけませんか」

「この間みたいなことになったら、また、お吉さん、うちのもんにつるし上げられるかも……」

びくっと首をすくめた吉に目をやり、およしはふっと笑った。

「考えてることがすぐ顔に出るんだから、まったく正直な顔……安心をし。うちの連中は、お吉さんにもう手荒な真似なんかはしやしないよ。菓子のことだけ書いている、とんでもない菓子好きだってわかっているから。それにもうすぐ神田祭の準備が始まるし」

もうすぐといっても、神田明神の祭りは長月《ながつき》（九月）の十五日。まだ三月《みつき》も先のことだ。

神田明神の神田祭と赤坂《あかさか》の日枝《ひえ》神社の山王祭《さんのうさい》は、隔年で斎行《さいこう》されており、今年は神田祭の番だった。二年に一回の天下祭りだから、氏子《うじこ》連中はすでに寄《よ》ると触《さわ》るとその話で盛り上がっている。風香堂のある万町や、翠緑堂の小松町でも、神田祭の話が出始めていた。

「およしさんのところの兄さんたちは揃《そろ》い半纏で、行列の先頭切るんでしょ」

よしが、くしゅっと笑う。

「今から大騒ぎさ。たとえあたしの好きな菓子が噂《うわさ》にのぼっても、そう長くは続かないだろうよ」

よしが立ち上がった。

「ちょいとついておいで」

湯島の参道を神田明神のほうに歩いていく。

「いいお天気ですね」

「お出かけですかい」

町の人がよしに次々に声をかける。鳶をまとめるよしは、町の顔でもあった。

向こうから大工道具を肩に背負った若い男が駆け寄ってきた。

「あら加助《かすけ》さん、久しぶり。おっかさん、元気になったかい？」

「おかげさまで。三途《さんず》の川を渡りかけたくせに、今は殺しても死なねえくらい元気でさぁ。閻魔《えんま》様から、この気性じゃ、とても引き受けらんねえと、追い返されたんじゃねえかと噂される始末で」

よしがうふふと笑う。

「返品されたとは、結構な話じゃないか。長生きしてくれるよ、きっと」

「いいんだか悪いんだか……」

お手上げだとばかり加助は首をすくめた。

足早に通りを歩いていく加助の後姿を見送りながら、よしは吉に耳打ちする。

「喧嘩するほど仲がいいを地でいく親子で、中身も似た者同士なのさ」

よしと吉は目を合わせて笑った。

その店は妻恋町《つまごいちょう》の路地奥にあった。店頭に琥珀羹《こはくかん》というのぼりが翻《ひるがえ》り、藍《あい》ののれんには菊屋《きくや》と白く大きく抜いてある。

「あたしが今、いちばん気に入っている菓子が、ここの『水草《みずくさ》の陰《かげ》』という琥珀羹なんだ」

琥珀羹は、寒天《かんてん》と砂糖で作った透明の菓子だ。

よしが、店の者に外の床几で食べたいと伝えると、麦湯と『水草の陰』が盆に載せられ、すぐに運ばれてきた。

「まあ、きれい……」

吉は息を呑んだ。『水草の陰』には、水の世界が描かれていた。

上部に水草の緑が浮いていて、小さな白い花まで咲いている。その下を、尻尾《しっぽ》が大きな赤いランチュウの金魚が一匹、めだかが二匹泳いでいる。日の光を浴び琥珀羹がきらりと輝いている。

「金魚や水草などは練り切りを型で抜いて作り、金魚の目などは手描きで仕上げております」

店の女が言い添える。

「型を……まあ、精巧《せいこう》にできている型なんですねぇ」

「涼を感じさせる菓子だろ」

よしが菓子を眺め、うっとりと言う。金魚の形の見事さに、吉の口からもため息が漏《も》れる。金魚は今にも尾をひらひらと動かしそうだ。

「ええ、心地のいい風が目の前をすーっと通っていくような気がします」

「外がいくら暑くても、汗がひいていくような心持ちになる。水草の陰という名前も音が涼やかで乙粋《おついき》じゃないか」

「菓子の名前も味のうちですもんね」

吉がうなずく。

琥珀羹は固すぎず柔らかすぎず、舌の上でつぶれ、溶けていった。すっきりとした後味のいい甘さだ。練り切りの食感も甘味も品が良く、凜としている。

「ご主人はいるかい？　もし忙しくなかったら、ちょいと話がしたいんだけど」

よしが店の女に声をかけると、すぐに大きな体の男が奥からでてきた。よしの顔を見て、顔をほころばせ、素早く頭から手拭《てぬぐ》いをとった。

「およしさん、毎度、おおきにありがとうございます」

柔らかに腰をかがめる。店主の名は昌平《しょうへい》で、上方《かみがた》で十年修業して、この春、江戸にもどり、店を開いたばかりだという。

「まあ、上方で……」

上方の菓子は江戸では「下りもの」とよばれる。茶道をはじめとする雅《みやび》な京文化が生み出す生菓子や干《ひ》菓子の打ち物は、菓子好きにとって垂涎《すいぜん》の的《まと》だった。

そう言われると、絵画を思わせるような繊細《せんさい》な美しさを併《あわ》せ持つ『水草の陰』には、上方の香りがあった。

琥珀羹の流し方にいちばん神経を使うと、昌平は言う。順番に琥珀羹の中に、花、水草、金魚、めだかを入れ、そのたびに琥珀羹を流し固めるのだ。

「層を作らず、均一にこしらえるというのは……たいしたもんですね。それに琥珀羹が透明で、柔らかさも絶妙で。さぞかし、上等な寒天を使い、天候によってもその寒天の量を塩梅《あんばい》なさったりしているんでしょうね」

吉がつぶやく。昌平はふっと目を細め吉の顔を覗き込んだ。

「菓子のことを、よくご存知で……」

「こちらはお吉さん。お吉さんは、小松町の松緑苑で長く働いていたんだよ」

昌平の目の脇に優しげなしわができた。

「そうでしたか。松緑苑は名店と聞いております。なるほど」

昌平は松緑苑が閉店し、代わって翠緑堂が開店したことも知っていた。

「では、今は翠緑堂におつとめで？」

栄から翠緑堂で働かないかと勧められたことを思い出し、少しばかり歯切れの悪い言い方になった。

「いえ、そういうわけでは……」

「この人は、今、風香堂で読売の書き手をしているんだ。菓子のことを書いている読物、読んだことがないかい。團十郎や菊五郎、馬琴の好きな菓子やらの……」

昌平はぽんと手を打ち、吉を見てまばたきを繰り返した。

「ああ。あの読物ですかい。それをこの娘さんが……こいつぁ、驚いた。……近頃じゃ、菓子屋がこぞって読んでいますよ。誰がどんなものを好んでいるのか。なぜ、うちの菓子じゃないんだって思いながら。それをあんたが書いているんですか。やけに菓子に詳しい書き手だとは思ったが、なるほど、そういうわけだったんですね。それにしても同じ菓子を扱うといっても、ずいぶん畑違いのところで……」

「お吉さん、ほら、読売の話……」

あわてて、吉は読売に菊屋の『水草の陰』を紹介させてほしいと頼んだ。

「それは願ってもないことで」

昌平は顔をほころばせた。

菊屋を出ると、よしはもうひとつ、吉に食べさせたいものがあるといい、湯島天神の参道に戻り、一軒の店の前で足を止めた。

「らっしゃい」

「黒豆入り餅《もち》を五枚ばかし焼いとくれ」

「へい」

かき餅屋のおやじは、薄く切り、乾燥させた餅を網の上に載せた。

「あたしはこれにも目がないのさ」

かき餅は外側から白くなりぷうっとふくれてそっくりかえる。おやじはひっくり返し、まっすぐになるように手早く菜箸《さいばし》を動かした。十分に火が入ると、さっと刷毛《はけ》で醬油を塗り、ざるにとった。そのざるをおやじはよしに差し出す。

およしはあちちと言いながら、一枚つまんで、吉に差し出した。

香ばしい餅の匂いと醬油のうっすら焦げた匂いが鼻をくすぐる。

口に含むと、サクッと軽い音がして、米の味が広がった。

「醬油のしょっぱさ、もち米の甘味、黒豆の香ばしさ……おいしい」

「でしょ」

よしは少女のように笑った。

「あたしはね、十歳で江戸に連れてこられ、十五の年からこの近くの水茶屋に上がったんだよ」

よしは、上目黒《かみめぐろ》村の百姓の出だと話し始めた。

「今でもおよしさんはきれいだが、若《わけ》えころはそりゃかわいくってな。その上、愛嬌があって、間《ま》が良く、客の気をそらさなくて」

話を小耳に入れたかき餅屋のおやじが口をはさんだ。

「いやだよ、おやっさん。今の私がすれっからしの大年増《おおどしま》みたいじゃないか」

「とは言ってねえがな」

「なんにもできない娘が売れるのは愛嬌だけだったんだ」

空を見上げてよしはぽつりと言った。

「けど、そのえくぼを見たいと男たちが大勢押し掛けて、湯島小町《こまち》って言われたんだからてえしたもんだよ……けんど、よく、このかき餅を食べながら泣いていたな。女の妬《ねた》みは怖い怖い」

人気者に躍《おど》り出たよしを面白くなく思った他の芸者に、鼻緒《はなお》を切られたこともあれば熱いお茶や酒をひっかけられたり、客に悪口を吹き込まれたりしたこともあったという。

「ご苦労なさったんですね」

思わずつぶやいた吉に、よしは首を横に振った。

「苦労した女なんて、世の中、掃《は》いて捨てるほどいるさ。あたしの苦労なんて、苦労のうちに入らない……」

「それで鳶の若頭に見初《みそ》められ、相惚《あいぼ》れになったんだもんなぁ。いい男だったよ。男前で気風《きっぷ》が良くて、情があって」

おやじが真顔でうなずく。よしはふふっと笑った。

「あんなに早く死んじまうなんて、思ってはいなかったけどね……あの人も、これが好きでね。なんの変哲もないかき餅なんだけどさ」

「何の変哲もねえってとこだけよけいだよ」

吉の胸がどきっとした。なんのとりえもないと、別れ際に長次から言われたことを思い出したからだ。長次は吉が初めて好きになった菓子職人だった。だが大きな飴屋の跡取り娘に見初められ、吉の元からあっさり去って行った。

「ほめてんのよ。だって、あたしあの人から、このかき餅はおめえみたいだと言われたことがあるんだもの」

からっとよしが笑う。

「かき餅だなんて……およしさんはこんなにきれいなのに」

よしはかき餅というより、琥珀羹のような女ではないか。

「自分がつまんない女だと言われたような気がして、あたしも口をとんがらせたもんさ。するとあの人がこう言ったんだ。実がある。毎日食べても飽きがこない、って」

「こりゃ、いいや。毎日食べても、ってか」

意味ありげに笑った親父の肩を、よしは苦笑しながらばしっとはたいた。

「読売はいつ出るんだい？」

よしは振り向きざまに尋ねた。

「光太郎さんからは明後日と言われました」

「そうかい、たいした早さだねぇ」

よしはうなじの汗を首にかけた手拭いで押さえた。額にも鼻の頭にも汗の玉が浮かんでいるが、女っぷりが一つも下がらない。すっきりとしたその横顔が輝いて見えた。

よしと別れて昌平橋のたもとまで来たとき、明神下のほうから御用聞きの小平治と同心の上田が駆けてくるのが見えた。

「お吉さん、あの子を見なかったか？」

肩で息をする小平治の顔色が変わっている。

男の子が宗伯の家からいなくなったという。

「昼間、川の上の村から流れてきたのかもしれないねぇと女中が言ったのを、聞いたらしい。まったくうかつなことを口にしやがって……」

上田がごつい顔をこわばらせる。とても放っておけなかった。

「あたしもお手伝いします」

「助かる。おれたちは通りを行く。お吉さんは」

「川のほうを」

上田たちを見送り、吉は男の子を乗せた舟がついた昌平橋の船着場におりた。

船頭たちが数人、客待ちをしていた。

「六つくらいの男の子を見ませんでしたか」

船頭たちは面倒くさそうに首を横に振った。

「子どももなんか見てねえな」

吉は土手の道を川上に向かって歩いた。風が出てきて、柳の枝を揺らしている。行き過ぎる人に男の子を見ていないかと尋ねても、みな知らないと首を横に振った。

上水樋《けんとう》を過ぎ、水道橋《すいどうばし》に差し掛かる。あの子はこの道を通っていないのだろうか。見当違いのところを自分は探しているのではないか。不安が膨れ上がる。

あの子は帰る家を思い出したのだろうか。当てもなく、飛び出したのか。ひとり、知らない町を歩いている男の子の気持ちを思うと吉はたまらなかった。

がやがやと大工の集団が水道橋を渡ってくるのが見えた。その中に、吉はさっきよしと話していた加助という名の大工の顔を見つけた。

「あ、あの」

「あんたはさっきおよしさんと……どうしたんでえ、こんなところで」

「人を探しているんです。男の子を見ませんでしたか」

「男の子？　どんな子だ？」

「六つくらいの……頭にたんこぶこさえた……白い晒《さら》しを巻いているかも」

あの子の目印になるものを、なんで上田に尋ねなかったんだろうと、吉は自分に舌打ちしたい気持ちになった。

「おめえら、見たか」

加助が大工仲間を見回す。みな首を横にふったが、一人の男がぐいと眉毛をつり上げた。

「……さっきひょいと稲荷小路《こうじ》を見たとき、そこにふらふらしている子どもがいたような気がしたが」

橋の向こうを指さしてその男は言う。

「ほ、ほんとうですか」

「こんなところで、何やってんだこの坊主はって思ったからな」

両手を顔の前で合わせた吉に、男がうなずいた。確かにそのあたりは武家屋敷が続き、子どもがひとりでふらふら歩いたりはしない。

加助たちは、その近くの旗本屋敷の普請《ふしん》に行っていたのだという。

「その坊主がどうしたんだ」

わけを話すと、加助たちは「助《す》けさせてもらうぜ。人手はあったほうがいいだろう」と腕をまくり上げ、吉と共に橋を渡った。

水道橋を渡ると、右側に三崎《みさき》稲荷があり、少し歩いたところに稲荷小路という細道がある。男たちは稲荷小路の奥まで行き、駆け戻ってきた。見つからない。

稲荷小路を抜けて行ってしまったのだろうか。このあたりはどこまで行っても、武家屋敷ばかりだ。

いや、川から外れるはずはないと吉は思う。あの子の手掛かりは川の上から流れてきたということだけ。きっと川に戻ってくる。

加助たちは、小石川御門のほうを見てくると言ってまた走って行った。

三崎稲荷の鳥居をくぐり、吉は境内《けいだい》に向かった。参勤交代で登城する諸大名が祓《はら》い清めを受けることから「清めの稲荷」と言われる神社である。こうなれば神頼みだ。

「あっ」

吉の口から声が漏《も》れた。手水舎《ちょうずや》の陰に男の子が膝を抱えてしゃがみこんでいた。頭に晒を巻いている。

吉は男の子に駆け寄り、両肩をつかんだ。

「あ、あんた……どうしてここに……無事でよかった」

男の子が顔を上げた。

涙のあとが頬に残っていた。たんこぶから血が下りてきたのだろう。目の周りが真っ黒だ。つぶらな瞳に浮かんでいるのは心細さと不安だった。

思わず吉は男の子を抱きしめた。

「おばちゃん……誰？」

男の子がつぶやく。男の子は吉を手で押しやり、まじまじと見つめた。舟の中では、気を失っていたので、吉のことを覚えてはいないのだろう。

吉は男の子の手を握った。

自分に言い聞かせるように言うと、覚悟が決まった気がした。顔をあげた男の子の目を吉はじっと見つめた。

「もう心配しなくていいよ。ちっちゃな長屋だけど、そこで暮らしながら、あんたの物忘れが戻ってくるのを待てばいい。そして自分のことを思い出したら、あんたの大切な人を探しに行こう」

こくんとうなずき、むせび泣きはじめた男の子の背中を吉はゆっくり何度もさすった。

宗伯に診察を受け、別状ないというお墨付きをもらい、翌日、吉が迎えに行くことになった。着物や下駄、下穿きなど、当座の必要なものは、加助が明朝までに宗伯のところに届けておくと言った。

「子どもらが着古したものだから、気兼ねなく使ってくれや」

まるで親戚のような口ぶりで加助は言う。

読売の仕事を始めてから、様々な人と吉は知り合った。ほとんどの人は一期一会《いちごいちえ》だが、馬琴やよしのように、親しい気持ちを抱く人もいる。その縁が、こんな風に加助との縁をつないでくれたりもする。

吉が松緑苑で働いているときも、客と顔馴染みになることはあった。だが、勢いと広がりが違う。それにしても、まさか男の子を引き取ることになるとは思ってもみなかった。

その晩、吉はとぉんと帖に、菊屋の『水草の陰』と湯島天神の参道のかき餅についで書いた。

――縁側に置かれたビードロの鉢を眺めているようだ。水草が揺れる澄んだ水の中を金魚とめだかがゆらり泳いでいる。琥珀羹も、練り切りも、後味のよい甘味と食感。菊屋の主人・昌平さんは、京で十年修業してきた。雅な心持ちになる菓子だ。およしさんが、『水草の陰』という名前も涼を感じさせると言った。名前にも涼し気な味わいがある――

――鳶頭の旦那さんが、およしさんみたいだと言った「かき餅」。その心は、毎日食べても飽きないから。さくっとした食感。米の甘味と香ばしさ、醬油の味がほどよく、ほっとする味わいだ――

筆をおき、煙出しの窓を見上げると、笑っているような三日月が見えた。

明日には、男の子がこの長屋にやってくる。どんな日々が始まるのだろう。弟妹は、吉が働いている間、長屋の人たちが面倒を見てくれた。吉が生まれる前か

ら両親と家族ぐるみで付き合っていた女たちが、世話を買って出てくれた。長屋の人たちは吉たちのことを赤んぼうのころから知っていて、弟妹も心底《しんそこ》なついていた。

だが、あの男の子はそうはいかないだろう。不安ではちきれそうな心を抱えている。長屋では誰もが忙しく、四六時中、子どものことを見ているわけにはいかない。風香堂に一緒に連れて行くわけにもいかない。

「どうすればいいんだろう。あたしって……お調子者」

引き受けると言ってしまったものの、吉の口から、ひとつため息が漏れ出た。

翌日、吉は菊屋で『水草の陰』を、かき餅屋でかき餅を買ってから風香堂に顔を出した。

「おはようございます。あ、真二郎さん、これ、およしさんの……」

みなまで言い終わらないうちに、真二郎が筆をおき、立ち上がった。

「あの子を引き取るって、上田から聞いたぜ。本気か」

憤《いきどお》ったような声で言う。吉はだまってうなずいた。

「女一人で、仕事をして、子供の面倒まで見れんのか」

「……だって、行くところがないって……」

眉を上げた真二郎の視線を避けるように吉は目を落とした。

「無理しててんじゃねえのか」

無理してるに決まってるでしょと思いながら、吉は顔を上げた。意外にも真二郎は当惑したような表情で吉を見ていた。

「……成り行きで引き受けちまったんなら断りを入れたほうがいい。なんならおれが上田に……」

まじまじと見つめられ、吉の胸が跳ね上がる。だが吉は真二郎の言葉を遮った。

「決めたんです、一緒に暮らそうって、あの子にも言ったし」

「…………」

吉はお菓子を差し出した。

「これ、およしさんが好きなお菓子です。描いてもらえますか」

およしの話をざっくりと伝え、吉は風香堂を後にした。

頼れるのはやはり、松五郎と民だった。吉が男の子とのいきさつと、引き取ることにしたことを話すと、民はなかばあきれた顔になった。

「……引き受けると言っちまったのかい」

吉は民にうなずいた。松五郎が顎《あご》を撫でてうなる。

「何、黙ってんだよ。おまいさん」

「てったって、どんな子どもかもわからねえ……。いつ、物忘れが元に戻るかもわかってねえってのがなぁ。……帰る家が見つかるとは限らねえ。ないないづくしじゃねぇか。いいのかねぇ、お吉が引き受けちまって……」

懐手《ふところで》をして首をひねった松五郎を、民がきっと見た。

「子どもが怪我して自分が誰かもわからなくて、行くとこがなくて困ってるんだよ。かわいそうじゃないか。……なんとかなるよ。お吉はずっと子どもの世話をしてきたんだ……」

「しかしなぁ……」

「あたしらは店を閉じて暇だけはたっぷりあるんだ。お吉、連れておいで」

吉が働いている間は、世話をしようと民が請け合ってくれた。

上田から、その子のことを口外しないように言われていると言うと、民は、遠縁の子どもということにしておくとも言った。

それから、民は膝を進めて、おもむろに吉の両手をとった。

「お栄さんから聞いてるよ。おまえに翠緑堂に勤めてほしいって。悪くない話だと思うよ。……一昨日《おととい》、風香堂で大変なことがあったと聞いたよ。往来《おうらい》で、高砂関の読売になんだかんだと文句をつけた輩《やから》がいたって……辞めどきじゃないのかね。早くお栄さんにいい返事を聞かせておやりよ」

「お民！」

余計なことを言うなと松五郎が目で民を制する。しばらく三人は黙り込んだ。

「……ご心配をおかけして申し訳ありません」

やがて吉は声を振り絞っていった。菓子屋の女中への未練が膨れ上がっている。それでも即座に首を縦に振ることはできない。

吉は人の視線を避けるように、風香堂までの道のりを歩いた。馬琴に民、松五郎、栄まで一昨日の出来事を知っているとなると町の人ほとんどの耳に入っていることになる。あの娘が男たちに大声で文句をつけられた風香堂の書き手だよ、他の読売の真似をするなんてとんでもない話さなどと、人が噂し、指さしているような気がしてならなかった。

風香堂に戻ると、一階の男たちの冷たい視線が待っていた。

「おめえのせいで、こっちの読売の評判まで落ちるようじゃ困っちまうんだ」

「あれっきりにしてくれよ」

「また来るんじゃねえか。ああいう輩はしつっこいからな」

「くわばらくわばら」

棘《とげ》のある言葉が投げかけられ、吉は唇をかみながら階段を上った。

文机《ふづくえ》の前に崩れるように座った吉に、光太郎が低い声で言う。

「およしの話を早くまとめろ。この読物はおめえの正念場《しょうねんば》だ」

「は、はい……」

正念場という言葉が吉の胸にぐさりとつき刺さる。

よしの記事を書けなければ、馘《くび》だということなのかもしれない。これまで何人もの女の書き手がやめていったと、以前、絹は言っていた。書き手になることをあきらめて出て行った人だけでなく、やめさせられた人も少なくないような口ぶりだった。

いっそ馘になって翠緑堂で働くのもいいかもしれない。読売屋の書き手なんかより、菓子屋の女のほうがずっと聞こえがいい。

今すぐやめてしまおうか。

そしたら、これ以上風香堂にも迷惑がかからない。男たちも、女の書き手がいなくなってくれてよかったと手を叩くだろう。

だから女の書き手は……そんな風に言われてしまうかもしれないけれど。

だが、よしに話を聞いてきたのだ。真二郎に絵をお願いしたのだ。今取り掛かっている仕事を途中で放り出すことはできないと吉は顔を上げた。

思いを振り払い、吉はよしのことを考える。

よしは「あたしの苦労なんて、苦労のうちに入らない」と言った。けれど実際は辛苦《しんく》をなめてきたはずだった。水茶屋には親に売られるようにして勤めることになった娘も少なくない。貧しい百姓の出のおよしもまたそうだったのだろう。

そしてかき餅屋のおやじがそれとわかるほど、朋輩《ほうばい》にいじめられた。

鳶の若者と出会い、夫婦になったときはどんなにうれしかっただろう。だが、それも長くは続かなかった。かき餅を食べるとき、よしは何を思っているのだろう。

吉はゆっくり墨をすり、筆をとった。

――湯島天神の境内の芝居小屋で刀を振り回した男に、たったひとりで立ち向かい、見事、刀をとりあげてことをおさめた女丈夫、およし。

蔦の甚三郎《じんざぶろう》と夫婦《めおと》になったのは十七歳のとき。その十五年後の二年前の冬、本郷を焼いた大火事で、甚三郎は命を落とした。だが、よしはそれから甚三郎の思いをつぎ、蔦の若者たちをとりまとめてきた。

「琥珀羹の中に、練り切りで作った水草や金魚、めだかが浮かんでいる。いかにも涼し気で、いつまでも見ていたくなるほどさ。琥珀羹のすっきりした甘味と、練り切りのこっくりした味が絶妙で口の中から消えていくまで味わい尽くしたくなる。夏の暑さを和らげてくれる菓子と言われるものはあるけれど、妻恋町・菊屋の『水草の陰』は夏の暑さが待ち遠しくなるような菓子なんだ」

菊屋の主は京で十年修業してきた。店の菓子の名前、姿、味、食感……すべてに雅な匂いがある。

よしのもうひとつの好物は湯島天神の参道で売られているかき餅だ。「特別ではないけれど、ふと食べたくなる。毎日食べても飽きがこない食べものも、人も、本当にいとおしいのは、このかき餅のようなものかもしれないねぇ」

よしは切れ長の大きな目を細めながら、さくさくっと音をたてて食べる。こんがり香ばしい米と醤油の匂いと甘味。相惚れの甚三郎と一緒に食べた思い出のかき餅でもある——

光太郎に見せると、う〜むと苦い表情でうなった。吉の首がひやりとする。

「……地味だな。もひとつ工夫がほしいところだ……だが抱き合わせにする絹の読物が派手だから、これでいいか」

ひとりごとのように言ってうなずき、光太郎は顔を上げた。ついと吉の目を覗き込む。

「おめえ、子どもを引き取るって本当か」

「へ、へえ」

「物忘れしている子どもだろ。でぇじょうぶか」

「……そう言われると心配になりますが、引き取り手がいないって言うんで……。昼は松緑苑の旦那さんたちにお願いしていますので、こちらにご面倒をおかけすることはないと思いますが……」

「おめえも物好きだな」

光太郎はじろりと吉を見てつぶやくと、真二郎の描いた絵を差し出した。

よしが細くしなやかな指でかき餅をつまみあげているところが描かれている。

桜貝のような爪と、長く細い指が色っぽい。脇にはランチュウの金魚が二尾、尻尾をゆらりと揺らし、水の流れを表わす青の曲線がすーっと描かれている。

「これから刷りに回して、明日、発売だ。けえっていいぜ。坊主を引き取りに行くんだろ」

光太郎が出ていくのを見送り、吉は風香堂を出た。


宗伯のところに行く前に、馬琴の居宅を覗いたがあいにく不在だった。

診療所には御用聞きの小平治が待っていた。

「このたびはどうも」

男の子はこざっぱりした浴衣《ゆかた》に着替えていた。加助の子どものお古なのだろう。小平治がさしだした風呂敷には浴衣がもう一枚、寝巻き、それに替えの下穿きが何枚か入っている。

「何か欲しいものがあったら、加助が遠慮なく言ってくれと……」

吉は小平治に頭を下げ、それから男の子を手招きした。

「こっちにおいで。お世話になった先生と御用聞きの小平治さんにありがとうございましたと挨拶《あいさつ》して、出かけようかね」

男の子は吉にうんとうなずく。

「ここからちょっと歩くけど、大丈夫かい？」

「遠いの？」

「昌平橋を渡って、大通りを歩いて、江戸橋を渡って、もうひとつ橋を渡るとすぐよ。おいしいお菜を売っている店が途中にあるから、覗いていこう」

小平治と宗伯に見送られて、吉は風呂敷を担ぎ、男の子と手をつないで歩き出した。

昌平橋にさしかかると、男の子の足取りが遅くなった。目が右の上流のほうに向けられている。

「おばちゃん、おいら、上のほうから流れてきたんだろ」

「……水は上から下に流れるからね」

「……なんで、たんこぶ、こさえたんだろ」

「痛かっただろうねぇ……。今も痛いの？」

「そうでもない。けど、目の周りが真っ黒になってるだろ」

「たんこぶにたまった血が下りてきてるって、宗伯先生が言ってた。しばらくの間、黒いままだけど、また元に戻るから心配ないって」

男の子はふたりになるとよくしゃべった。宗伯のところではほとんどしゃべらず陰気でかなわないと、馬琴が言っていたが、案外人懐《ひとなつ》っこくて、吉はほっとする思いだった。

海賊橋のたもとにある煮売り屋の前にさしかかったとき、吉ははっとしたように足を止めた。思わず吉を見上げた男の子と目が合う。

「あのね、おばちゃんじゃなくて、お姉ちゃんだから」

「お姉ちゃん？」

きょとんとした男の子に、吉はきっぱりと首をふった。

「そう。あたしのことはお姉ちゃんって呼んでね。あんたのお母さんとそんなに年は変わらないかもしれないけど、おばちゃんって呼ばれたら、老《ふ》けた気分になっちゃうから。それからお姉ちゃんの名前は吉。みんな、お吉さんって呼ぶの。そしてあんたの名前は……そうね……琴太《きんた》じゃいや？」

「琴太？」

「宗伯先生のお父さんが馬琴って名前なの。馬の琴って書くんだけど」

「おかしな名前だね」

男の子がふっと笑う。吉も笑った。

「考えてみりゃ、そうね。その琴をもらって、琴太って。本当の名前がわかるまでの間の仮の名前だけど……」

男の子はちょっと考えてから、うなずいた。

「いいよ。……お姉ちゃん」

卵型の顔、通った鼻筋、少し切れ長の澄んだ目。右目のまわりは真っ黒だが、琴太は人目を惹《ひ》く端整《たんせい》な顔立ちをしている。

朝、まだ白々した中、井戸端で琴太の下穿きを洗っていると、タケが出てきた。

「お吉さん、あんた、下穿きの洗濯なんて。ようやく男ができたの?」

おもしろいものを見つけたようにタケは薄笑いをもらす。

タケは二軒先に住んでいる吉と同い年の女だ。桶《おけ》職人の亭主との間に、六つ、四つ、三つの男の子がいる。いつも髪を後ろで無造作にひっつめにして、首に手拭いをかけている。子どもたちは寄ると触ると喧嘩ばかりしていて、タケの金切り声が聞こえない日はなかった。

「子どものですよ。昨晩から知り合いの子が来ているんです」

「子ども⁉ いくつ?」

「六つ……かな」

「知り合いの子ねえ……そんな知り合いいたんだ」

タケは二年ほど前に引っ越してきたが、長屋のみんなが同い年の吉を娘のようにかわいがっているのがおもしろくないらしく、二人だけのときはわざと気に障《さわ》るような言い方をする。

「子どもを預かってるって？」

後ろから声が聞こえた。振り向くと向かいの長屋に住む咲《さき》だった。咲は研屋の鉄造《てつぞう》の女房で、昨年古希《こき》を迎えた姑《しゅうとめ》の里《さと》と三人で暮らしている。気のいい五十がらみの女だ。姑の里と嫁の咲は裁縫《さいほう》が得意で、吉が弟妹を育てている頃は、ずいぶん助けてくれた。

「おはようございます。……そうなんですよ。しばらくここで暮らしますので、どうぞよろしくお願いします。名前は琴太です」

琴太のたんこぶのこと、目の周りのクマのことも伝えた。本当のことを言うわけにはいかないので、階段から落ちたことにする。

「たんこぶくらいで済んでよかったよ。男の子に怪我は付き物だからねぇ。ね、おタケさん」

咲の子どもは男二人だが、とっくに別に家を構え、孫も三人いる。タケは、科《しな》を作るようにして意味深にうなずく。

「そうなのよねぇ。うちの人が、次は女の子がいいっていうんだけど、また男かもしれないと思うと、ふんぎりがつかなくて……」

子どもが泣き喚く声が響き渡った途端、タケの目がつり上がった。

「うるさいよ！　静かにおし！」

自分の長屋に向かって大声で怒鳴った。

「まあまあ、お夕ケさん、男の子は喧嘩するのが仕事みたいなもんだから。……で、その子昼はどうすんの？　お吉ちゃんは仕事だろ」

咲は吉に聞いた。

「松緑苑のおかみさんにお願いしました」

「そりゃ、安心だ。もしおかみさんが忙しいときには言っとくれ。昼飯くらいは用意してやれるから」

咲が目じりにしわを寄せて笑った。鬢《びん》のあたりが白くなっているが、きれいに髪を撫でつけている。

「わっ、ありがとうございます。助かります」

うれしそうに頭を下げて笑った吉を、タケはちらっと冷たい目で見た。

「自分の頭の上の蝿《はえ》を追っ払うのも厄介なのに、人の子の面倒なんてねぇ……聞いたよ。風香堂で騒ぎがあったというじゃないか。騒ぎの大本《おおもと》は、お吉さん、あんただってね」

「……お夕ケさん、それは言わないって、みんなで……」

咲があわてて夕ケをたしなめる。吉は頰を張られたような気がした。橋向こうのこの長屋までも噂が広まっていたとは思っていなかった。

「そんなときに、人の子の世話をするなんてねえ……ひとりものはのんきで結構、毛だらけ、猫灰だらけってね……」

ぞんざいに言うと、夕ケはそそくさと家に戻っていった。

「お吉ちゃん！」

言葉もなく立ち尽くした吉を心配そうに、咲は見つめた。

民と松五郎は、張り切って琴太を待っていた。琴太をふたりに預け、吉は風香堂に向かった。

「夏にうまい魚といや、イワシ、アジ、キス、カマス……だがなんてったって、うまいのは脂《あぶら》がのったアナゴじゃねえか。ウナギにゃ、負けるって？　冗談じゃねぇよ。アナゴのかば焼きは絶品だ。だがうまいかば焼きを作るにはタレが肝《かん》心《じん》。目分量で醬油《しょうゆ》をどばどば入れているかみさんに、読売を買って見せてやれ。ほっぺたが地べたにぽとっと音をたてて落ちるほどうまいアナゴが味わえるぜ。そんじょそこらの料理屋が泣いて悔しがる乙《おつ》な味が家で食べられるんだ！」

吉は野次馬に交じって、読売売りの口上を聞いた。人々は今日も変わらず興味津々の表情で読売売りを取り巻いている。

今回の絹の読物は、アナゴ料理らしい。アナゴ鍋とアナゴのかば焼きの絵が添えられている。

「みんな、覚えてるかい？　湯島天神の芝居小屋で酒に酔い、刀をふりまわしていた男から、腰巻一枚姿ですっと手を伸ばし、刀を取り上げた女丈夫を。そう、かつて湯島小町といわれたおよしだ。およしが好きな菓子、知りたいと思わねえか。それを食べれば、江戸の粋を集めたおよしのような、はっとする女になれるかもしれねえぜ、

ひとつは夏の暑さを涼に変えてくれる菓子だ。兄さん、気になる娘がいたら、その菓子を持って行ってやれよ。……あら、これ、なあに？……おめえの喜ぶ顔

がみたくてな……まあ、うれしい……今度、両国の花火に行かねえか……うん、連れてって……てな筋書きにならねえともかぎらねえ。

実を言えば、およしは江戸市中ではなく、上目黒村の生まれだ。十歳で湯島の水茶屋に勤めたときから、およしが食べ続けてきた菓子もある。相惚れになった鳶頭・甚三郎と一緒に食べた菓子だぜ。好きなあの娘と、目と目を見合わせて食べてみたいじゃねぇか……はい、四文。毎度あり。あ、そっちの姐《ねえ》さんも、はいはい。毎度毎度」


男の胴間《どうま》声が響いたのはそのときだった。

「また、偽作《ぎさく》かい。およしの読物を書いたのは、お吉って名の女の書き手だろ」

ぎょっとして、吉は凍り付いた。おとついの日に、派手な長半纏をひっかけて、風香堂に因縁《いんねん》をつけた男たちがふたりそこに立っていた。

「高砂の読物は、とんでもねえ偽作だったからな」

「こんなもんに金を払おうってやつの気が知れねえな」

野次馬がざわめきはじめた。

「偽作って?」

「真似たもの、にせもの、ってことだよ」

吉の唇が震えた。

「ひ、ひどい……あたし、真似なんて……」

とっさに真二郎が吉の腕をつかむ。

「落ち着け。騒ぐな」

清一郎が風香堂から出て来るのが見えた。真二郎は吉の腕から手を離すと、清一郎に並んで立った。

「このへんでやめとけ。……でたらめを並べやがって」

「でたらめを書いたほうが、でたらめってか」

そのときだった。野次馬の後から、凛とした声が響いた。

「すみません、通してくださいな。……いえね、あたしの読物が載ってるって。はい。湯島のよしと申します……お兄さん、あたしに一枚、おくんなさいな」

よしが、読売売りに近づく。野次馬連中は、弾かれたようによしのために道をあけた。

「およしって、この読売の？」

「鳶の姐《あね》さんの？　湯島小町だった？」

「見えねえぞ。おれにもおよしの姿を拝ませてくれ！」

人々はどよめき、よしに視線がいっせいに注がれる。

「およしさん！」

よしは吉を押しとどめるように見つめ、清一郎に軽く腰をかがめた。

「またあたしのことをまとめてくだすって、ありがとうございます」

長く細いうなじ、黒々とした見事な髪、色白の顔に刷毛《はけ》で掃いたような形の良い眉、切れ長の大きな目、ぽってりした愛らしい唇。藍の木綿縞《もめんじま》の着物を裾短《すそみじか》に着て、白いくるぶしが見えている。

「あんなとりとめもない話をよくまあ、上手に。書き手のお吉さんによろしくお伝えくださいましね。草葉の陰で亭主も喜んでいると思います」

よしはそれから、とろりとした目で野次馬を見渡した。

「ところで風香堂さん。何の騒ぎで」

男たちはちっと舌打ちをして逃げ出した。そのあとを、真二郎が追う。

よしに駆け寄った吉の目は真っ赤だった。よしの頬にえくぼが浮かぶ。

「お吉さん、なんて顔をしてんの。眉間にしわを寄せていたら、怖い顔になっちまう。女は辛いときほど、眉間を開いて、明るい顔をするんだよ。笑ってりゃ、きっと、いいことがあるから」

吉の耳元でよしがささやく。吉は涙を指で拭い、笑って見せた。

「そう。それでいい……よかったよ、お吉さんの力になれて……」

「……ありがとうございました……でもなぜここに？」

「お吉さんが困ってるって聞いてね。……あんたには借りがある。前にうちの者が人違いして、迷惑かけちまったから。さ、借りは返したよ。ま、これでも食べて元気をだして」

よしはかき餅が入った袋を吉の胸におしつけると、それじゃと言って踵《きびす》を返した。

「よっ、およし！　日本一！」

野次馬からの掛け声に、くすぐったそうな顔をして戻っていくよしに、吉は思わず手を合わせた。

昼近くになって、真二郎が風香堂に戻ってきて、なにやら光太郎に耳打ちすると、吉を見た。

「お吉さん、ちょいと出かけるぜ」

光太郎も立ち上がる。

足早に京橋のほうに向かう真二郎と光太郎のあとを、吉はあわてて追って行く。

「あの……どちらへ？」

「お吉……やつらの狙いはなんだと思う？」

光太郎が押し殺したような声で言った。

「えっ……」

「黒幕が誰か、考えてみろ」

足を止めたのは、一膳飯屋の雷電屋の前だった。やはりという思いと、でもと打ち消す気持ちが吉の中で相半ばする。

雷電屋の娘が、高砂に話を聞きに行こうとする吉を逆恨《さかうら》みして、一連のことを引き起こしたのではないかという疑いは消えない。けれど、吉が高砂の聞き取りをする日や、とんぼの団子のことをあの娘が知ることができたはずはない。

「証拠があがったんだ」

真二郎が振り向いて言った。

「証拠が？」

吉は鸚鵡《おうむ》返しに繰り返す。それから真二郎の視線を追いかけるように路地の奥に目をやり、えっと口元を手で押さえた。路地の向こうから御用聞きの小平治が下っ引きを伴いやってくる。下っ引きはひとりの年寄りの男の腕をつかんでいた。顔も手も日焼けした男だ。頭は胡麻塩頭で、月代《さかやき》には白い毛がまだらに伸びている。そしてその顔には怯《おび》えが浮かんでいた。

「ご苦労様です」

小平治が真二郎と光太郎に腰をかがめる。

「間に合ってよかったぜ……そいつか……」

「上田様もおっつけ見えるはずです」

真二郎がうなずいた。だが、この年寄りの男のことなど、吉は知らない。いったいどこの誰で、何をしたというのだろう。

「じゃ、行くとするか……ごめんよ」

光太郎がそう言って、のれんをくぐった光太郎に続いて、吉も雷電屋に入る。明るい日差しの中から来たので、一瞬、真っ暗の中に入ったような気がしたが、すぐに吉の目に、男ふたりの姿が映った。風香堂の前で管《くだ》を巻いていたやつらが酒を飲んでいた。

「何でぇ、おめえらは」

男たちはちろりを持つ手を止め、気色《けしき》ばんだ声を出した。光太郎が低い声で言う。

「それはこっちの台詞《せりふ》だぜ。おめえたち、ここで何をしてんだ」

「どこで飯を食おうが酒を飲もうが、おれらの勝手だ」

「そうはいかねえんだな。……娘はいるか」

「娘⁉　そんなもん知らねえよ」

男たちには構わず、光太郎は奥に進むとちょうど勝手口から前掛けをした四十過ぎの男が入ってきた。真二郎は光太郎の横に立った。小平治は男の退路を断つように入り口の前で控えている。

「大将、風香堂の者だ。娘はどこにいる」

男は頭にまいた手拭いをとり、怪訝《けげん》な顔で光太郎を見た。

「おすみのことかい？」

「ああ」

「……おれの娘に何の用だ？」

がたんと音がして、皆の目が勝手口のほうに吸い寄せられる。娘が姿を現わした。前掛けをして、姉さんかぶりをし、手にはきゅうりや茄子《なす》が入った籠《かご》を抱えている。ごく普通の、働き者の娘といった風情《ふぜい》だった
「おすみ、こちらは風香堂さん。おめえに用があるそうだ」

父親がそう言った途端《とたん》、すみは顔色を変え、勝手口から逃げようとした。

「いけねえな。娘さん、ちゃんと話をしよう。中に戻ってくれ」

真二郎が娘を中に押し戻し、音をたてて勝手口の戸をしめる。

「な、なんなのよ、あんたたちは」

小平治が顎をしゃくると、下っ引きはつかんでいた年寄りの男を前に突き出した。顔色を失い、そそけたような男を見た途端、すみは顔を横に向けた。

「こいつのことを知ってるだろう。加賀藩邸で働く下働きの作蔵《さくぞう》だ」

吉は、高砂が稽古をしていたすぐ傍で、下働きの男が庭を掃いていたのを思い出した。それがこの男だったのか。

「おすみは、作蔵に小金を渡して、様子を窺《うかが》わせていたんだ。おれらが聞き取りに行く日のことも、とんぼの団子のことも、おすみにご注進に及んだのは、この作蔵ってわけさ」

真二郎は、男二人をねめつけながら続ける。

吉はもちろん、上田も真二郎も光太郎も、唖然としてすみを見つめた。

「金のためなら何でもするごろつきさ。風香堂に嫌がらせをするたびに一朱金でどうだと言ったら、すぐに乗ってきた」

すみは投げやりに言い、ふんと鼻で笑った。高砂の読物を持ち込んだのも、両国広小路にある筋の悪いことで評判の読売屋、銀杏屋だ。

「風香堂に一泡吹かせたいといったら、ほいほいと乗ってきたのさ。……でも、嘘はついていない。あれはみな、高砂の好物だから」

男二人を追いかけていた小平治と下っ引きが戻ってきたのはそのときだった。

「まったくもって面目《めんもく》ねぇ……まかれちまった」

小平治が頭を下げた。上田は頭をがりがりとかき、苦り切った表情になった。

「相当、手慣れた様子の奴らだな」

「へえ。ずいぶん修羅場をくぐっててんじゃねえでしょうか」

上田はくやしそうに唇を引き結んだ小平治の肩をとんと叩くと、すみに向き直った。

「……おめえが使ったのは、ためらわずに匕首を抜く手合いだぜ。……ど素人《しろうと》の娘があぶねえ橋渡りやがって……。金を払って嫌がらせをさせたつもりだろうが、あいつらの狙いはそんなやわなことじゃねえよ」

「…………」

すみは心外だとばかり、顎を突き出し、上田をにらんだ。上田は続ける。

「おめえが風香堂にいやがらせをしたことをネタに、やつらは脅《おど》し続けるつもりだったんだろうさ。わかんねえか。……たとえば、風香堂にしたことを、他の読売に売られるのがいやなら、金を払えってな。おめえの親の店の前で、このことをばらされたくないなら、金を払え。払えねえなら、何か売るものがあるだろうってな。……おめえは骨の髄《ずい》までしゃぶりつくされるところだったんだ」

すみは上田をにらみ、次いで吉をにらみつけ、膝をきつくつかみ、ぽたぽたと涙をこぼした。

その傍《かたわ》らで、すみの父親が「どうぞ堪忍しておくんなせえ」と畳に額《ひたい》をくっつけて頭を下げ続けている。

やがて光太郎は組んでいた腕をほどき、真二郎と吉に、すみと作蔵への訴えを取り下げるがいいかと問うた。ふたりがうなずくと、光太郎は上田に向き直り、その旨を伝えた。

「おすみと作蔵にお縄をかけて、江戸払いするってのも、寝覚めがわりいや。

……だが、二度は御免だ。次に何かしでかしたら、こっちも腹をくくる。容赦《ようしゃ》はしねえ。いいな」

おすみは両手で顔をおおって泣いていたが、ときおり吉を見る目はきつく、自分がしでかしたことを本気で悔やんでなどいないようだった。


風香堂への帰り道、吉は無言で歩いた。逆恨みされた気味の悪さが吉の胸をしめつける。匕首を抜いた男たちが小平治に向かっていったときの恐ろしさも蘇《よみがえ》ってくる。恨み、憎しみ、怒り……重く冷たく真っ黒な塊《かたまり》を投げつけられたような気がする。ぶつかったその塊は、今もねっとりと吉にへばりついている。

「あの父親がいるんだ。いつか娘も目が覚めるさ」

光太郎が吉に言った。真二郎が背中をとんと叩く。

「そうだ。お吉。気にするな。おめえは悪いことをしたわけじゃねえ。……気にするなって言っても気にしちまうだろうがな」

「しかし、あの男たちがつかまらんことには、一件落着とはいかねえな」

光太郎は低い声で言った。

万町に近づくと、吉たちは町の人に次々に声をかけられた。

「今朝はてえへんでしたね」

「およしさんが登場した途端、男たちが退散するところなんざ、芝居を板付きで見さしてもらっているようで、すかっとしやしたぜ」

よしの話でもちきりだった。光太郎は顎を撫でながらにやっと笑う。

「こりゃ、かえって風香堂のいい客集めになったな。災い転じて福となす。人間万事塞翁《ばんじさいおう》が馬ってな……しかしたまげたよ。およしさんが出てきたときにゃ……」

真二郎がうなずいた。

「あんな間のいいことがあるとはねぇ。世の中捨てたもんじゃねぇ」

よしは、風のようにやってきて、去って行った。聞き取りの日、よしは吉に読売が出る日を尋ねたのは、今日のことを見越してだったのだろうか。「女は辛いときほど、眉間を開いて、明るい顔をするんだよ。そしたらきっと、いいことがあるから」というおよしの言葉と笑顔を思い出す。それだけで、すみからぶつけられた毒気が少し抜けていく気がした。

「お吉は笑うと、案外捨てたもんじゃねえな」

光太郎が言った。いつのまにか、吉は微笑《ほほえ》んでいたらしい。真二郎がその顔を覗き込んで、「確かに」と肩をそびやかした。

畳につっぷして休みたいほど疲れていたが、吉は妻恋町の菊屋と、湯島参道のかき餅屋に読売を届けることにした。

もうすでに読売を見た人が行列していて、菊屋の昌平も、かき餅屋のおやじもてんてこまいだった。

ことの顚末《てんまつ》を伝えるために、よしのところにも足を延ばした。雷電屋のすみの話を聞き終えると、よしは大きく息をはいた。

「……たまんないねぇ。……大丈夫かい？　とんでもない目にあって……」

包み込むようなよしの声と言葉に、今まではりつめていた吉の気持ちがほぐれ、途端に涙が盛り上がった。

よしは吉の背中にそっと手をおいた。

「……雷電屋のおすみにはどんなことがあっても金輪際《こんりんざい》、関わっちゃいけないよ。おすみは泥沼のような欲と恨みを抱えている。その執着《しゅうちゃく》からおすみが逃れられるかどうか。それはお吉さんがどうのこうのできる話じゃない」

よしは襟《えり》を直すと、いつくしむような目を吉に向けた。

風香堂に戻ると、二階で光太郎と清一郎が顔を向かい合わせていた。今日の出来事を、光太郎から聞いていたらしい。やがて清一郎は腰を上げた。

「男二人を取り逃がしたとは、ったく。情けねえな、小平治も。まあ、これでうちへのいやがらせは収まるだろう。ほっとしたぜ。だが、おれぁ、女の書き手を認めているわけじゃねえからな。このあたりで女の読売はやめたらどうだ」

途端に光太郎の眉が跳ね上がった。

「何言ってんだか、毎度毎度おんなじことを馬鹿のひとつ覚えみてえに繰り返しやがって」

清一郎ははぁっと光太郎を見返す。

「こんだけ、人の手を借りて、ぬけぬけとよくも、んなこと言えたもんだぜ」

「それとこれは別の話だ。おれぁ、はじめたことをやめるつもりはねえ。それを、粗末なその頭に叩き込んでおくことだな」

「もうろくじじいの世迷言《よまよいごと》に付き合う気はねえっていってんだよ」

「呑み込みの悪い息子だねぇ。付き合ってくれなんて、いつ、だれが言った？言ってねえよ」

ことが収まった途端、また親子喧嘩が始まった。清一郎は憮然とした顔で、踏み板が抜けるのではないかと思うほど、どすどすと足音をさせて階段を下りていく。

その背中を光太郎のうなり声が追いかけた。

「教えず習わず　覚えるものはぁ　まんま食うのとぉ　色の道ぃ。あれがぁ、うわさのぉばか息子っ、とくらぁ」

思わず真二郎がぷっと噴き出した。

「近頃はやりの都都逸《どどいつ》だよ。あれがうわさの……からのくだりは、光太郎さんの自作だな」

目をまん丸にして振り返った吉に、真二郎が耳打ちした。

「で、次は誰にするんだ？」

光太郎は吉に言った。

あんなことがあっても、光太郎は吉を休ませるつもりはないらしい。

『曲亭馬琴、為永春水《ためながしゅんすい》、歌川豊国《うたがわとよくに》、歌川国貞《くにさだ》、歌川広重《ひろしげ》、歌川国芳、鶴屋南《つるやなん》北《ぼく》、尾上菊五郎、市川團十郎、松本幸四郎《まつもとこうしろう》、岩井粂三郎《いわいくめさぶろう》、大関・高砂、大関・稲《いな》妻《ずま》、両国広小路三人小町、辰巳芸者三人娘、北斎……』

著名人を書きぬいた紙をにらむように、吉は見つめる。すでに聞き取りを終えた人には棒線を引いていた。絵師、読み本作家、相撲取り、歌舞伎役者、鳶の元締めの姐さん、小町と呼ばれる美人娘……それと並ぶ、江戸の人々の心をつかんでいる人物はと、頭を巡らせるが、すとんとくるものがない。

吉はやがて立ち上がった。

「ちょっと出かけてまいります」

「ああ。行ってこい。何か拾《ひろ》うまで帰ってくるな」

光太郎は吉を追い出すように、手をひらひらさせた。

吉は、人の集まる店を覗いたり、行き過ぎる人の話に耳をすませたりしたが、そうやすやすとはこれぞというものが見つからなかった。

勤めを終え、民と松五郎の家に琴太を迎えに行くと、奥から子どもの笑い声が聞こえた。民が手を引くようにして、吉を中に招き入れ、座布団を勧める。

琴太はおとなしく一日中、絵を描いていたという。

「それがうまいのなんのって」

桜や牡丹《ぼたん》、菊などの花の絵を、民は吉に次々に見せた。

「これ、ほんとにあの子が？」

子どもが描いたとは思えないほど、精巧な絵だった。くっきりとした花びらの線、葉っぱの丸み、細かなギザギザ、よれやしわ、陰影まで描かれている。まるで本物を写しとったような正確さだ。

民は目を細め、ふふっと笑い、吉にささやく。

「親は絵師じゃないかね」

「絵師⁉」

「琳派とか浮世絵とか。……そんなたいそうな絵を描いているんじゃなくても、世の中にはいろんな絵を描いている人がごまんといるじゃないか」

吉と民は顔を見合わせた。民は続ける。

「扇絵《おうぎえ》とか友禅《ゆうぜん》とか描いている着物専門の絵師だっているだろう。そういう家で育ったんじゃねえか……あれほど上手に描けるんだもの」

それから、民はすくい上げるような目で吉を見て、ふっと笑った。

「聞いたよ。いやがらせをしていた悪い男たちがすごすご退散したって。真似じゃないって、およしさんが請け合ったんだってね。あたしはそれを聞いて、胸がすーっとした。さすが風香堂って、このあたりじゃ評判も上々さ」

民もまた、御多分《ごたぶん》に漏れず金棒引きなのだ。

帰り道、吉は琴太と手をつないで歩いた。

「あんたの笑い声、初めて聞いた。元気になってくれてお姉ちゃんもうれしくなっちゃった。絵が上手なのね」

琴太は照れくさそうにうつむく。しばらくして顔をあげた。

「姉ちゃん……真似したとか、ずるしたとか言われてたんだろ。大丈夫なの？」

吉はきょとんとして、琴太を見つめる。

「大人の話、聞いてたの？」

「だって、おかみさん、おっきな声で話してたんだよ」

吉はさもあらんと小さなため息をつき、いちおう、収まりがついたのでもう心配はいらないと琴太に言った。

「誰が悪者だったの？」

しかたなく、高砂に岡惚れした娘の逆恨みだとざっくり話した。

「ってことは、その娘は男にのぼせて、ものの道理がわからなくなっちまったんだな」

とても子どもの言う台詞とは思えない。その上、妙な節をつけて琴太は都都逸を大声で歌い始めた。

「恋にぃ焦がれてぇ　鳴く蟬《せみ》よりもぉ　鳴かぬ蛍《ほたる》がぁ　身を焦がすっ！」

橋を通り過ぎる人が、くすくす笑いながら通り過ぎていく。

「ちょ、ちょっと、な、なに歌ってんの。こんな往来で。およしなさい。みっともないじゃないい」

あわてて制したが、琴太は口をとがらせて不満顔だ。吉はあっけにとられた。

「……あんた、色町育ちだったりして」

「色町って？」

子どもに説《と》いて語ることでもない。

「……もう……いいわ、忘れて」

吉は言葉に詰まり、足を速めた。

話は出来るようになったが、琴太がどこの誰なのか、謎は深まるばかりだった。

その三　朝露の甘く

歌の謎《なぞ》は、翌朝、あっさりと解けた。

琴太を預けに行くと、松五郎のしゃがれた声が家中に響いていた。

「酒も博打《ばくち》もぉ　女も知らずぅ　百まで生きてる　馬鹿なやぁつっ！」

「へっ⁉」

勝手口で呆然《ぼうぜん》と立ち尽くした吉に、民が苦り切った顔で言う。

「……おとつい、近所の隠居に誘われて、都都逸《どどいつ》の女師匠のところに行ったんだよ。そしたら、このざま……昨日も一日中……」

「都都逸⁉」

風香堂の光太郎もうなっていたアレだと、吉ははっとした。都都逸は、七・七・七・五という音律《おんりつ》で歌われるもので、これといった決まりはなく、季語も必要ない。敷居が低いということもあり、近頃、都都逸の師匠のところに通う人も増えている。琴太が吉の手を引く。

「姉ちゃん、旦那《だんな》さんには、みっともないって言わないの？」

「あんた、ここで覚えたの？」

こくんと琴太がうなずき、おもむろに口を開き、また「恋にぃ焦がれてぇ　鳴く蟬《せみ》よりもぉ　鳴かぬ蛍《ほたる》がぁ　身を焦がすっ！」と節《ふし》をつけて歌う。

「あれま、琴太、覚えちまったのか。おめえは絵だけでなく、都都逸もうめえなぁ」

奥から出てきた松五郎が上機嫌で言う。

「おまいさん！」

相好《そうごう》を崩した松五郎を、民がにらんだ。後のことは民にまかせて、吉は風香堂に向かった。

「……少しは気持ちが落ち着いたか」

風香堂に行くと、真二郎は気遣うような目で吉を見た。一日経っても昨日のおすみたちのことを思うと、吉の肝が冷え、気味が悪くなる。長い息が口から漏れ出た。

「この世の道理が通らない人と、出くわしてしまうこともあるんですね」

真二郎が、まぁなとうなずき、同心《どうしん》の上田がしばらくの間は、雷電屋のおすみに目を光らせているから心配するなと言った。

光太郎と絹はまだ姿を見せていない。絹と会えば、昨日のことを何かチクリと言われるに違いなかった。

「坊主はどうした？」

「あ、おかげさままで元気にやっています。そうだ。あの子、びっくりするほど絵が上手なんです。今度、見てやってもらえませんか」

「どんなものを描いているんだ？」

「菊や牡丹《ぼたん》や桜の花とか……」

「……坊主が花ねぇ……珍しいな。男の子は普通、馬とか城なんかを描きたがるもんだがな」

真二郎が首筋に手をやった。

「今日は馬琴先生のところに行かねえのか。首を長くして、待っているんじゃねえか」

民の耳にも、よしの話は入っていたのだ。この分では、馬琴のもとに話が届いているのは間違いなかった。

「ちょっと行ってまいります」

真二郎も立ち上がる。真二郎は北斎に呼ばれていると言った。


菊屋に寄り、『水草の陰』を馬琴の土産《みやげ》に買い求めた。菊屋は昨日同様客で賑《にぎ》わっていたが、主の昌平が手をとめて出てきてくれた。

「おかげさまで、菓子の種類を増やす決心がつきました。……今度はぜひそれを、お吉さんに食べてもらいたくて。お声がけさせていただきます」

「まあ、うれしい。そのときは飛んでまいります」

柔らかな表情で微笑《ほほえ》む昌平に頭を下げながら、ちょっと吉の胸がはずんだ。

馬琴は金糸雀《カナリア》の世話の真っ最中だった。

縁側から声をかけ、沓脱石《くつぬぎいし》で草履《ぞうり》を脱ぐと、金糸雀の啼《な》き声が高くなった。

「まあ、お吉さんの声、わかるんですね。金糸雀も」

うれしそうに女中が頭を下げる。奥から馬琴の罵声《ばせい》が飛んできた。

「よけいなこと言ってんじゃねえよ。口を開かず、手を動かせ」

「……あとはよろしくお願いします」

逃げるように女中は奥に戻っていく。

金糸雀の世話を終えると、吉は菊屋の『水草の陰』を出し、お茶を淹《い》れた。よしの読売《よみうり》を差し出すと、馬琴は一気に目を走らせた。

「これがその『水草の陰』か」

「はい」

「ふぅ～ん。およしが好きな菓子ねぇ、ありゃ、いい女だってな……。うめぇな、うん。さすがだ」

まんざらでもなさそうな顔で馬琴は言った。人に悪口雑言《あっこうぞうごん》を浴びせるのを何とも思っていない馬琴でも、美人には弱いのだと、吉はおかしくなった。

「笑ってる場合じゃねえだろ。この後がてえへんだったっていうじゃねえか。暴漢が風香堂に何人もやってきて次々に石をぶつけて、この書き手、出てこいって、騒いだんだろ。そこにおよしが現われ、もろ肌抜いで、だまれ下郎《げろう》とばかり追い払ったって、聞いたぜ」

こらえきれず吉は吹き出した。話が盛りに盛られ、まるで芝居仕立だ。だが、馬琴ともあろう読本作者がそれを信じたかと思うと、噂《うわさ》というものの危うさを思い知らされる。この話を聞いたよしがどう思うか考えると、頭を抱えたくなる。

「そうじゃないんです。実は……」

男たちをそそのかしていたのは雷電屋の娘のすみで、男たちは取り逃してしまったが、すみは番屋できつくお灸《きゆう》をすえられたと、吉は馬琴に伝えた。

「おすみのやり口がへぼだったのが不幸中の幸いだったな」

意外なことを馬琴は言った。

「幸いですか」

馬琴はうなずく。

「あからさまだったから、つきとめるのも容易《たやす》かったんじゃねえのか。……相手を貶《おとし》めるために、変な噂を流したりするやつぁ、どこの世界にでもいるよ。菓子屋だってそんなこと、あるだろ。あそこの饅頭に虫や髪の毛が入っていたとか、小蠅《こばえ》がぶんぶん飛んでいるような食い物屋だとか……」

確かに、そういう噂を吉も聞いたことがある。

「そこの仏壇屋で仏壇を買うと主が早死にするとか、死人が着ていた着物をはぎとって売っている古着屋だとか、物騒《ぶつそう》な噂だって普通に流れてらぁ……まあ今回の始末はさすが風香堂、見事だった。ただ男たちに逃げられたってのは気に入らねえがな。……で、坊主はどうしてる？」

「お知らせしなくてはと思っていたんです。宗伯先生に診《み》てもらったご縁で、馬琴先生のお名前から琴をもらい、琴太という名前をつけさせていただきまして……」

馬琴は眉を上げ、口をへの字にした。

「あの坊主に、おれの字をつけ……その名前をおめえは毎日呼び捨てにしてるってんだな」

「まあ……そう言われれば」

「そう言われればじゃねえよ、まったく」

「先生ご本人を呼び捨てにしているんじゃないんですけど」

「わかってるよ！　んなこたぁ。おれの字が入ってるんだ。かわいがってやれ」

馬琴は柄《がら》にもなく照れくさそうに、天井をにらんだ。

それから馬琴は真顔になった。

「……これからは、人の妬《ねた》みや恨《うら》みを買わねえようにもっと用心するこった。用心してもなんともならねぇことだってあるがな。そして仕事の借りは仕事で返せ。いいものを書け。売れるものを」

吉に釘《くぎ》をさすように言った。

風香堂には真二郎が先に戻っていた。

「ただいま戻りました」

そう言った吉に、真二郎が小さな箱を差し出し、ぱっと蓋《ふた》をあけてみせた。吉の目が輝いた。

「まあ、なんてきれいな……」

中には様々な形の小さな落雁《らくがん》が並んでいた。

撫子《なでしこ》、藤《ふじ》、青楓《あおかえで》、石竹《せきちく》、朝顔、百合《ゆり》、流水《りゅうすい》、金魚……まるで夏の花畑のようだ。淡い桜色、薄紫、青緑、紅色、黄色、水色……。吉の目が吸い寄せられたのは真っ白の落雁だった。二枚貝だ。

イタヤ貝を模《も》しているのだろうか。まっすぐに伸びた放射状のくっきりとした筋が見事で、ため息が出るほどの美しさだ。吉は心をおおっていた黒い霧が晴れて行くような気がした。

「これほど精致《せいち》な落雁……はじめて見ました」

弟子の魚屋北渓《ととやほっけい》が土産《みやげ》で持ってきたが、こんなものは腹の足しにならないからと、北斎が真二郎にくれたのだという。

「確かに、細工物と言っていいくらいの出来だ。こういう菓子は、いってぇどうやって作るんだ？」

吉は待ってましたとばかり話し始めた。

「米や大麦、豆や蕎麦《そば》、栗などの粉に、砂糖を加えてふるいにかけ、水飴《みずあめ》や水を少し加えて、さらさらになるまで混ぜ込むんです。それを木型にぎゅっと詰めて、抜き取り、乾燥させます」

「思ったより簡単だな」

拍子抜けしたような顔で真二郎が言う。吉は首を横にふった。

「簡単だから難しいんです。材料を吟味《ぎんみ》する職人の目と技量が味の差になるから。美しさも競うので、型もすごく大事なんです。でも、型だけあってもだめなんですよ。細かい細工の型であればあるほど、崩さずに抜く技術も難しくなりますから。……この貝の落雁は、もしかしたら和三盆《わさんぼん》だけで作られているかも……だとしたら……」

ごくりと唾《つば》を飲み込んだ吉を見て、真二郎は口元に笑みを浮かべた。

「お茶にするか」

「はい！」

吉は、いつもより丁寧にお茶を淹《い》れた。向かいに座った真二郎は早速懐紙に青楓と流水、貝の落雁を取る。吉は畳に両手をつき、じっと箱の中を見つめたまま動かない。

「何ぐずぐずしてんだ？」

「……選べないんですよ」

「みな食えばいいじゃねぇか」

真二郎の目の端に笑みが浮かぶ。

「そんな……かりん糖やお煎餅じゃないんですから」

やがて吉は決心したように朝顔、百合、貝を選んだ。白い二枚貝の落雁を人差し指と親指でそっとつまみ、口に入れ、目をつむる。

極上の味とはこのことだと、吉は思った。上品な甘みが溶けだし、口中に広がって行く。雑味のない透明な甘さ。これこそ、和三盆の真骨頂《しんこっちょう》だ。

こそりと舌の上で落雁が崩れ、ほどけ、甘みが濃くなり、やがて消えていった。

「……ああ、おいしい……殿様になったような心持ちです」

吉が満足げに言う。真二郎が目を細めた。

「そりゃ、またたいそうな……」

「食べるのがもったいないくらい」

真二郎がうなずく。吉は身を乗り出した。

「木型を作る職人は大変な修業をするんだそうです。木型には桜や樫《かし》など堅い木が使われていて、細かな模様を彫り込むには、熟練の技が必要だそうですから」

「形はどうやって決めるんだ？」

「さぁ、菓子職人と木型職人が相談して決めるんじゃないかしら。職人さんは出来上がりの菓子を思い描きながら、型を彫るんでしょうね……一度でいいからその様子を見てみたい……」

この落雁を土産に持ってきたという北渓にも会ってみたいと吉は思った。これほど美しく美味な菓子を知っている人なら、きっと興味深い話をしてくれるに違いない。

北渓について尋《たず》ねると、真二郎は北斎の弟子の中でも特に優《すぐ》れた絵師と評判だと言った。

「大名家に出入りする、四谷《よつや》の大きな魚屋の生まれだというが、今は赤坂桐畑《きりばたけ》に住んでいると聞いてるぜ」

「明日、北渓さんを訪ねてもいいでしょうか」

「……北渓ならおれも行くよ」

となると、北渓の絵を知っておかなくてはならない。

「……北渓さんの版元《はんもと》はご存知ですか」

「さあ……おれも北渓の絵の実物はあまり見たことがねえんだ。名前は知られているのに出回っている作品は多くない。まあ、北斎の版元と一緒じゃねぇのか」

「というと……馬喰町《ばくろちょう》の西村屋与八《にしむらやよはち》ですね」

吉は飛び出していった。


西村屋与八は、鶴屋喜右衛門《つるやきえもん》、蔦屋重三郎《つたやじゅうざぶろう》と並ぶ地本問屋《じほんどいや》である。近頃では鳥居清長《とりいきよなが》の美人画で知られている。

だが、店頭には北渓のほの字もなかった。

「魚屋北渓さんは、狂歌本《きょうかぼん》の絵が多いんです。それも市販の本じゃなく、仲間内で作る趣味本の。その種の本だと、刷りにも金をかけられますから。精巧な彫り、丁寧な刷りを施《ほどこ》した贅沢《ぜいたく》な絵を得意としているんです」

丁稚《でっち》は、北渓について聞いた吉にとくとくと話す。そのとき、店の奥から声がかかった。

「北渓だったら、あれ、あったろ。狂歌刷物の……」

「あ、貝づくしか……ちょいと待っててください。すぐに持ってまいります」

やがて丁稚は一枚の絵を胸に抱えるようにして戻ってきた。それを手に取ったお吉は息を呑《の》んだ。

まるで、海の中を覗《のぞ》き込んだようだ。

緩《ゆる》やかに流れる海流、その下に広がる砂地の上に小さな貝が並んでいる。二枚貝が数個、そして小さな巻貝……。

「……きれい……」

二枚貝というありふれたものの造形に秘められた美がそこに描かれている。

値段を聞くと、丁稚は申し訳なさそうに四十文と言った。普通の浮世絵は二十五文くらいだから、倍近い値段だ。

お吉は後ろ髪をひかれる思いで店を後にするしかなかった。

風香堂に戻ると、光太郎が待っていた。

「ああ、お吉、決まったか、次の聞き取り」

「北斎先生のお弟子の北渓さんに一度話を伺《うかが》いに行きたいと思っているのですが……」

「北渓か……ありゃ、役者にしてえくれぇ、いい男だってな。四十路《よそじ》の今でも、女なら振り返らずにいられねえ男っぷりだとよ。けど、北渓の作品を目にした人は少ねえからなあ」

一瞬、考え込み、光太郎ははたと膝《ひざ》を打った。

「真さん、北渓を、女がぐらっとするくらい美男に描いてくれ。それでいこう」

光太郎は棚をゴソゴソやっていたかと思うと、一枚の絵を吉に差し出した。

「あ、これ！」

先ほど西村屋与八で見たものと同じ貝づくしの絵だった。真二郎が後ろから覗き込む。

「……刷りもぼかしもずいぶん金が、かかってますね」

「西村屋与八で四十文だって言われました……」

「それだけの価値があるんだ。絵だけじゃなく北渓は着物から部屋のしつらえまでとことんこだわっている粋人だとも聞く。その北渓が、北斎の手伝いをするときには、あのきったねえ家で絵筆をふるうってんだから世の中わからねえよな」

光太郎が薄く笑う。

そのとき絹が階段を上がってきた。

「昨日は、お絹さんの読物にまでご迷惑をおかけして、大変申し訳ありませんでした」

吉は両手をついて頭を下げた。

「案外お元気で、結構ですわ。もう逃げ出しているのではないかと案《あん》じておりました。お子さんのご面倒も引き受けられたそうですね」

「は、はい。同心の上田さんから頼まれて……」

「まあ、お優しく、余裕がおありになること……上田さんも大変ね。子供の面倒まで心配しなくてはならないなんて。今はそれどころではないでしょうに」

思わせぶりに絹は言う。

「それどころではない？」

「雷電屋の娘には、お気をつけ遊ばせ。執着を捨てられないというのは、薬石効《やくせきこう》なしの病《やまい》ですから」

吉の問いには答えることなく、絹は言い切ると、「お先に失礼いたします」と顎をつんとあげ、階段を下りていった。

真二郎は、残りの落雁を箱ごと、吉に差し出した。

「……これでも食って元気を出せ」

「いいんですか、こんな高価なものを……それじゃ、松五郎さんに持って行かせていただきます。誰より喜んでくれると思いますので」

吉は真二郎を見上げ、微笑んだ。


民はその日も琴太はおとなしく絵を描いていたと言った。

「今日は、描いた花や魚を、器用にはさみで切り抜いて遊んでいたんだよ」

北渓の落雁を渡すと、民と松五郎は案の定、目を細めた。

「なんてまあ、見事な……」

「よほどの腕の持ち主だな。意匠《いしょう》もてえしたもんだ」

「琴太、あんたも見てごらん。ほら、この貝を……」

民が琴太の前に落雁が並ぶ箱を差し出した。琴太の目が驚きで大きくなった。

「……これ……」

「こんな菓子、はじめてだろ。遠慮せず、食べてごらん」

松五郎が、琴太を促した。

琴太は貝の落雁に指を伸ばした。その細い指がわずかに震えている。目玉がこぼれそうなほど目を見開き、貝の落雁を見つめている。それから琴太は思い切ったように口に放り込んだ。目をぎゅっとつぶって、味わっている。

「……うめえ……」

ぽろりと琴太の目から涙があふれた。琴太はあわてて指で涙をぬぐう。

「やだよ、うまくて涙を流すなんて……お吉の小さいころみたいじゃないか」

民と吉は、顔を見合わせて笑った。

その夜、吉はとぉんと帖に、貝の落雁について書き記しながら、琴太の目に浮かんだ涙を思い出した。

黒糖のこっくりとした甘さとはまったく別物の和三盆の澄んだ味わいに、琴太は驚いたのだろうか。それとも、菓子の美しさに胸打たれたのだろうか。

幼いころの吉は松緑苑の職人だった父親が、残りの菓子を持ってきてくれるのが何よりの楽しみだった。ひとつの菓子を家族五人で切り分けて、ひと口食べるだけで、天にも昇るような気持ちになったものだ。

ふと琴太の寝顔を見ると、また目から涙がこぼれていた。小さな胸に華奢《きやしや》な右手をぎゅっと押しあてている。今の琴太には家族との思い出もないと思うと、不《ふ》憫《びん》さがつのった。吉は琴太の涙を拭い、頭をそっと撫《な》でた。

「あれまぁ……」

布団の隅っこでうなだれている琴太を見ながら、吉の口からため息が漏れた。

「まだ誰も外に出ていないはず。早く井戸端でさっと体を流しといで」

手拭いを腰に巻くと、琴太は走って井戸端に行った。ざっと水が流れる音が聞こえる。

今朝、琴太は寝小便をしてしまった。吉は急いで始末をして、布団を表に干し、戻ってきた琴太に着替えをさせた。

「あらぁ！　寝小便！」

タケが来る前に、洗濯を済ませたかったのに、こんな日に限って、タケはいつもより早く井戸端に出てきた。竿《さお》にかかっている布団を見ると、タケは鬼の首をとったように大声になった。

「……寝小便をするなんて、あの子、何か辛《つら》いことでもあったんじゃないの？……どんなに面倒見たって、実の親じゃないんだもの。かわいそうに。お吉さんにどんだけ気を遣ってるのか」

目の端が意地悪く光っている。年から年中、子どもに怒鳴《どな》り散らしているが、自分はお腹を痛めた本物の母親だと胸を張っているのだ。

「お吉ちゃん、気にしないで働きに行っておいで。布団、乾いたら、あたしが取り込んでおくから。今日も暑くなりそうだからすぐに乾くよ」

井戸端に出てきた咲がなぐさめ、力づけるようにいった。


北渓が住む赤坂桐畑には溜め池が広がっていた。溜め池の奥の切り立った崖《がけ》の向こう、遠くに江戸城が、そして崖の上には日枝神社が見える。

溜め池の周囲には、地名の通り、桐がたくさん植えられていた。

北渓の家を訪ねると、すぐに座敷に通された。外から見るとありふれた仕舞屋《しもたや》だが、部屋のしつらえは行き届いている。床《とこ》の間には、塗りの小籠に二輪草《にりんそう》が活けられていた。庭の松や楓《かえで》は形よく整えられ、小さな池と水路まであった。

さらさらと水が流れる音が聞こえ、ときおり、ししおどしのコーンという音が響き、庭に余韻《よいん》を残していく。

北斎の家と対極にあると言っていい。

「お待たせして失礼いたしました。魚屋北渓と申します。遠いところ、お運びいただきまして」

単衣《ひとえ》に博多《はかた》の細帯をしめた北渓は、光太郎が言う通り、なかなかの男前だった。すらっとしていて、真二郎ほど上背《うわぜい》がある。色白で細面《ほそおもて》、黒目がちの目が涼やかに光り、きりりとした眉、鼻筋が通った横顔、やや大きめの唇《くちびる》が意志の強さを感じさせた。

北渓の好物の菓子について聞き取りを行ない、風香堂の読売の読物にさせてもらいたいと真二郎が言うと、ああ、と北渓は笑みを浮かべた。

「北斎先生の、大福茶漬けの読物、拝読しました。あれは傑作でしたな。……はて、まいりましたね。北斎先生がお出になったものを、弟子の私が断るわけにもいきませんが、どんな菓子を紹介すればいいやら」

柔らかな言葉遣いで言う。

「北斎先生のところにお持ちになった落雁は、北渓先生のお気に入りのお菓子なのでしょうか」

「そうですな、あれは気に入っています」

一瞬、言葉を切って、北渓は吉を見た。

「あの落雁でよかったら店までご案内しましょう」

「ぜひ」

その店は赤坂田町《たまち》にある池田屋《いけだや》だという。

赤坂には武家地が多い。薩摩《さつま》藩下屋敷などの武家地に挟まれるように町屋や寺町がところどころに混在している。

池田屋はそんな町屋の一角にあった。

「まあ……」

店には美しい落雁が何種類も並んでいた。朝顔、鮎《あゆ》、金魚、団扇《うちわ》、瓢簞《ひょうたん》、青楓、千鳥《ちどり》、なでしこ、そして貝……。夏を涼しく感じさせるようなものばかりだ。

どの落雁も、針《はり》のように細い葉脈や、花弁の切れ込み、魚の尾の流れるような筋まで、精巧につくられている。

主は、腰の低い五十前の男だった。

「うちの本店は京にございまして、こちらは分家でございます」

池田屋本店は、応仁《おうにん》の乱の前の室町時代の創業で、今も御所や宮中にも菓子をおさめていると布袋《ほてい》様のような顔をほころばせた。

「せっかく北渓先生とおいでくださったんやさかい、一服いかがですか」

主はやんわりと言う。つかみどころのないような柔らかい言葉遣いがときどきあらわれる。これが京風というのだろう。主に勧められ、吉たちは店の奥にある小座敷に上がった。

すぐに青楓と夕顔をかたどった落雁と冷たいお茶が出てきた。

青楓は澄んだ甘味がたまらない。一方、夕顔はかりっとした食感で、かんだ瞬間、甘味が口の中で弾《はじ》けた。

お茶も特別な甘みがあり、のどを転がるようなまろやかさだ。

「このお茶……水出しですか」

茶葉に水を注ぎ、時間をかけて抽出するのが水出しの緑茶だ。

「へえ。夏はこれに限りますな」

「上品なお茶の香りと味……。落雁にぴったりですね」

「落雁はどないでした？」

「こんなにきれいな落雁を見たのは、はじめてです。青楓は和三盆の澄んだ甘味がこたえられません。……夕顔はパリッとした食感がすごく楽しい。寒梅粉《かんばいこ》ででてきているんでしょうか。夕暮れのほのかな光を浴び、白い花びらをゆっくりと開いていく夕顔が見えるような気がしました……」

主は我が意を得たりという顔つきになった。

「……おもしろい娘はんですな」

吉ははっと首をすくめた。

「すみません。勝手なことを言って」

「いや、うれしいんですよ。菓子には物語があると私は思うております。あなたはんがそれを感じてくださっている。ほんま、今日はええ日や」

主はふっふとうれしそうに笑う。そして菓子は味、見た目、香り、手触り口触り歯触り、音、季節、そして名の中に秘められた物語のすべてで味わうものだと続けた。

「せや、ちょっと待っててておくれやす」

主は奥に消え、すぐに一寸（約三センチ）ほどの厚さの綴《つづ》りを持ち、戻ってきて吉と真二郎の前においた。表紙には「池田屋　菓子見本帳」とある。

「北渓先生に描いていただきました」

主が表紙をめくる。菓子の意匠《いしょう》がずらりと並んでいる。

梅、桜、菊、牡丹《ぼたん》、芍薬《しゃくやく》……。

松、筍《たけのこ》、露草、薄《すすき》、瓢箪、竹……。

兎、犬、猫、竹雀《たけすずめ》、鶴、金魚、鯛《たい》、鮎……。

どれも息を呑むほど精巧で、美しい。

「この絵をもとに、職人が木型を作るんです」

堅く割れにくい木を正確に彫って型を作る技量を持つ職人は江戸広しといえど、数えるほどしかいないと主は言う。

「うちの木型を作った職人はその数少ない中のひとりで、さらに腕を磨くために、今、修業に出ております」

「梅治《うめじ》が修業に？」

北渓が眉を上げた。主がうなずく。

「先日、市ケ谷《いちがや》揚場町《あげばちょう》の家を出て、尾張のほうにまいりました」

「子持ちじゃなかったか？」

「弟子に子どもを預けて。また腕を上げて戻ってくるはずです」

「意匠を描くほうもうかうかできないな」

北渓が苦笑した。

「その職人さんが修業を終えたときに、どんな菓子が生まれるんでしょう。絵の道も、菓子の道も、木型の道も、果てしないんですねぇ」

吉が感心したように言うと、また主が目を瞠《みは》った。

「ええこと言わはる。どの道も、これでええと思ったら、終《し》まいですから」

池田屋では毎月一日と十五日に、商品の入れ替えを行なうが、新作の木型はすでに向こう一年分、準備しているという。

「桜が咲いてから桜の菓子を出しては、興ざめです。巡り来る季節を待つ楽しみを、季節を少し先取りした菓子を通して味わっていただきたいんですわ」

主は、吉を気に入ったらしく、落雁の詰め合わせを持たせてくれた。


琴太を迎えに行くと、民が困ったような顔をして出てきた。吉の手を引き、外まで引っ張っていく。

「琴太の様子がなんか昨日までと違うような気がしてね」

「……あ、寝小便。寝小便しちゃったんですよ。今朝、見事に、盛大に」

「じゃ、それを気にしてるのかねぇ」

今日は一日、琴太はぼやーっとしたまま過ごしていたという。絵も描かない。松五郎が下手《へた》な都都逸をうなっても、真似もしない。

「あたしが買い物に誘っても、今日はうちにいたいって」

「気にしなくていいのに。寝小便のことなんて」

「そうだよ。大人になってまでする人はいないんだから」

力をこめていった民に、吉はしっと口元に人差し指をあててみせる。

「おかみさん、寝小便のこと、知らなかったことにしてくださいよ」

民は無言で胸をどんと叩いた。

帰り道も、琴太は浮かぬ顔をして、ほとんどしゃべらなかった。

土産にもらった池田屋の落雁を食べたときだけ、琴太の表情に力が戻ったような気がした。

「琴太は甘いものがほんとに好きなんだね」

「……うん……」

「お姉ちゃんも。今日は赤坂桐畑にある池田屋さんに行ってきたの」

「……………」

「いろんなお話を聞いてきたよ。このきれいなお菓子を考えたのは、有名な絵師の魚屋北渓さんなんだって。北渓さんは、葛飾北斎っていうすごい絵師のお弟子さんでね、北渓さんが描いた菓子見本帳も見せてもらったの。琴太にも見せたかったなぁ。琴太も、絵が好きでしょ。このお菓子を作るための木型を作る職人さんもいるんだよ。いろんな人が力を合わせて、お菓子を作るんだなぁって、お姉ちゃん、うれしくなっちゃった」

その夜、吉は池田屋の落雁について、とぉんと帖に書き記した。菓子には物語があるという主の言葉は生涯、忘れないだろうとも思った。

「とうちゃん」

吉ははっとして、傍《かたわ》らで眠っている琴太に目をやった。空耳《そらみみ》だろうか。いや、確かに、とうちゃんと琴太はつぶやいた。

琴太は夢の中で父親に会っている？　としたら、これまでのことを思い出したのだろうか。思い出さなくても、夢の中なら会えるのだろうか。

あどけない琴太の寝顔を吉は見つめた。息をするたびに、琴太の胸がゆっくりと上下する。小さな体に命がふくふくと息づいている。今日も、その胸に右手が置かれていた。

次の朝も、琴太は寝小便をした。

「ごめんなさい……」

「いいよ、気にしなくて」

琴太は今朝も部屋の隅で小さくなっている。

朝になったら、昨夜の寝言のことを琴太に尋ねてみようと思ったのに、洗濯やら食事の用意やらで、あっという間に出かける時間になってしまった。

琴太がご飯をかきこむのもいつも通りだったし、民に「おはようございます」と大きな声で挨拶する様子も、普段と変わらない。

だが、昨晩「とうちゃん」と琴太がつぶやいたのは確かだ。松五郎に挨拶に奥に駆けて行く琴太の背を見ながら、吉は民に耳打ちした。

「ほんとかえ。……うわごとでねぇ……気をつけてみておくよ」

民が察しよくうなずく。


風香堂へ向かっていると、後ろから真二郎の声がした。

「背中がばあさんみてぇに丸くなってるぞ」

琴太のことで落ち着かない気持ちをもてあましているのが歩く姿にも出てしまったらしい。吉ははぁ～っと長く息を吐いた。

「なんだよ、朝っぱらからため息なんかついて……」

「琴太が……」

寝言のことを打ち明けた。真二郎が顎に手をやった。

「……思い出したのかな……」

「……そうとは言わないんですけど……」

ふむと真二郎は考え込んだ。

「思い出していねえなら、何も言わねえのが当たり前だ。思い出したのに、言わねえとなると、言えねえわけがあるってことになるな」

「昨日も今朝も寝小便したんです。それもちょっと気になって」

「それだけじゃわかんねぇな……焦らず様子を見るしかねえな……」


風香堂につくと、真二郎は光太郎に挨拶をして、すぐに出て行った。

北渓の原稿を仕上げようと、吉は筆をとった。

――葛飾北斎門人の中で、蹄斎北馬《ていさいほくば》と並び双璧《そうへき》とされる魚屋北渓。絵の道に入らなければ、母里《もり》藩主松平志摩守《しまのかみ》家御用達《ごようたし》の魚屋の若旦那《わかだんな》だった――

上から覗き込んだ光太郎が、渋い声を出した。

「身上書《しんじょうしょ》みてぇだな」

吉の眉が八の字になる。情けないが、その通りだ。

「……北渓はどんな男だった？」

「へえ。旦那《だんな》さんがおっしゃった通り男前で。家もきれいに片付いていて……」

ぽんと光太郎は手を打つ。

「おめえが、團十郎の読物のとき、歌舞伎の台詞《せりふ》をもじっただろ」

「は、はい。團十郎さんの十八番《おはこ》の『白波五人男』の日本駄右衛門《にっぽんだえもん》の……」

以前評判をとった團十郎の思い出の菓子を読物にまとめた話である。

「今回も歌舞伎風で行くか。いや、都都逸風でもいい……北斎や歌麿《うたまろ》、鳥居清長の絵は巷《ちまた》に溢《あふ》れているが、北渓の絵はそうじゃねえ。なじみがねえんだ。だとしたら、何かで読者を引きつけねえとな」

光太郎はそれだけ言うと、出て行った。

歌舞伎の台詞で吉がすぐに思い出せるものは多くない。白波五人男の名台詞を別にすれば、『三人吉三《さんにんきちさ》』のお嬢《じょう》吉三の台詞『月も朧《おぼろ》に白魚《しらうお》の篝《かがり》も霞《かす》む春の空冷てえ風もほろ酔いに心持ちよくうかうかと　浮かれ烏《がらす》のただ一羽ねぐらへ帰《けえ》る川端で　棹《さお》の雫《しずく》か濡れ手で粟思いがけなく手に入る百両　ほんに今宵は節分か西の海より川の中　落ちた夜鷹《よたか》は厄《やく》落とし　豆沢山に一文の銭と違って金包み　こいつぁ春から縁起《えんぎ》が良いわい』くらいだ。

都都逸はもっと馴染みがない。正直言えば光太郎がうなっていた『教えず習わず　覚えるものは　まんま食うのと　色の道』。松五郎が大声で歌っていた『酒も博打も　女も知らず　百まで生きてる　馬鹿なやつ』。琴太が覚えてしまった『恋に焦がれて　鳴く蟬よりも　鳴かぬ蛍が　身を焦がす』だけと言っていい。

吉は頭を抱えた。筆が止まってどのくらい時間が経っただろう。

「お吉さん、お暇ですか」

絹が黒目を横にずらして、吉を見た。

「……私、今、書いている最中で……」

「真二郎さんを探して連れて来てくれませんか」

絹は吉の言葉を遮《さえぎ》って言う。

「どこで油を売っているのかしら。今日、締め切りだというのに」

「……あたしもなんですけど……」

「私の読物はもうほとんどできておりますの」

だったら自分で探しに行けと言いたかったが、取り澄ました絹の顔つきを見るといつものことながら吉はひるんでしまう。

「昼から聞き取りの約束があり、出かけなくてはならないんです。そのあとも所用があり、こちらへは戻りませんの」

それがどうした？　と、言い返せない自分が不甲斐《ふがい》ない。絹は立て板に水で続ける。

「どうせそこに座ってうなっているだけなんでしょう。真二郎さんを探してきてくださいな。お願いできますわね」

有無《うむ》を言わさぬ口調で、絹は言った。吉は渋々立ち上がると、外に出た。

まず小舟町《こぶねちょう》の国芳の家を訪ねた。

「久しぶりだな。お吉……何か土産を持ってきたか」

「あ、いえ。真二郎さん、いらしてませんか？」

国芳の人懐《ひとなつ》っこい笑顔がすっと引っ込む。あいかわらず国芳の家は猫屋敷だった。暑い日差しをよけ、風の通るところで猫たちが思い思いの格好でのんびり昼寝をしている。

「今日は来てねえぜ。お吉……うちに来るときは、なんか持って来いよな。儲《もう》かる話とか、うめえ菓子とか。さぁ、帰った帰った」

「へ、へぇ。失礼いたします」

となると、真二郎の行き先は北斎の家かもしれない。大伝馬町《おおてんまちょう》の大丸新道《だいまるしんみち》を吉は両国橋に向かって歩いた。藍《あい》染に『大』の字を染め抜いたのれんが目を引く大丸呉服店は、めかしこんだ人々で賑《にぎ》わっていた。京都伏見《ふしみ》で創業し、正札《しょうふだ》つき現金販売で江戸に進出した大店《おおだな》だ。越後屋《えちごや》、白木屋《しろきや》とともに三大呉服店として隆《りゅう》盛《せい》を極めている。

両国広小路もいつもながらの人ごみだった。見世物小屋や屋台に群がる人波をかきわけるようにして広小路をつっきり、両国橋を渡った。回向院を過ぎると馬場が見えた。馬場に隣接した棒稲荷神社があり、その隣が北斎の家だった。

「真さんは家で用事があると言って、すぐ帰っていったよ」

北斎の娘の応為が言った。北斎は相変わらずごみの中にうずくまるようにして絵を描いている。吉のがっかりした顔を見て、応為は顎をしゃくった。

「急用なのかい？」

「へえ。今日締め切りで、絵を描いてもらわないと……」

「真さんちは北島町の提灯掛《ちょうちんかけ》横丁だろ。両国広小路あたりですれ違ったんじゃないの？」

暇《いとま》を告げる前に、吉は応為に昨日、北渓の聞き取りに行ったことを伝えた。

「赤坂桐畑まで？」

「ええ。池田屋さんの落雁の話をしていただきました」

「落雁ねぇ。……乙粋な家に住んでただろ。うちとは大違い」

応為は目を細めて笑った。少なくとも、自分の家が汚いということは自覚しているらしい。


北島町に着いた頃には、昼近くになっていた。

「あのぉ、真二郎さんという方のお住まい、ご存知ありませんか。……お武家さんで、絵師もやっている人なんですけど」

独楽《こま》回しをして遊ぶ子どもたちを縁台に座ってみていた老婆が顔を上げた。

「真さんちならそこだよ」

奥から二番目の戸を指さす。戸は開いたままになっている。

「今日は、千客万来だ。たった今、別の客が入って行ったところだから」

しゃがれた声で老婆は笑った。中から若い娘の声が聞こえ、吉は足を止めた。

「……父の名前を使ったことは、本当に申し訳なく存じます。……でも、そうでもしなければ会ってくださらないんですもの」

声に聞き覚えがある。以前、一石橋《いちこくばし》で、真二郎と話していた、確か、志乃《しの》という名の武家娘だ。小柄でかわいらしく、赤い簪《かんざし》がよく似合っていた。

「お帰りください。こんなところに、おいでになってはなりません」

真二郎の低い声が漏《も》れ聞こえる。町人言葉ではなく武家言葉に変わっていた。

「真二郎様。今日は言わせてくださいませ。おばさまは、真二郎さんが家を出られたことに、胸を痛められております。家に戻ってあげてくださいませんか」

娘の声はわずかに震えていた。絞り出すように言葉を紡《つむ》いでいる。

「あなたには関わりのないことでござろう」

「私の出自は、志乃さんもご存知でしょう」

「……そんな……」

「…………」

「私は、父が手をつけた女中の子です。身ごもった母は小梅《こうめ》村の実家に戻され、私は百姓の子どもとして五歳まで育ちました。父の先妻が亡くならなければ、母も私もそのまま小梅村で静かに暮らしていたでしょう。……兄の息子も、十四歳になり、来年には、与力見習いとして出仕《しゅっし》します。あの家にとって私はもう必要のない人間です」

「でもおばさまは……」

「他人にはうかがい知れぬこともござる。これ以上、話すことはござらぬ。お帰りくだされ」

塗りの下駄《げた》をひっかけ、飛び出してきた志乃と、吉は鉢合わせになった。

「すっ、すみません」

吉の口からつい声が漏れ出た。志乃は目に涙をため、走り去っていく。

吉はあわてて回れ右をした。立ち聞きしてしまったことが悔やまれてならない。真二郎は誰にもこんな話を聞かれたくなかったはずだ。気の毒で、真二郎の顔を見られない気がした。

「おや、あんたは中に入らなくていいのかい？」

老婆から声をかけられ、吉はうなずいた。その瞬間、老婆が吉の後ろを見た。振り向くと、真二郎が立っていた。真二郎の目が寂しげに翳《かげ》っているようで、吉は顔を伏せた。

「聞いたんだな、今の話」

「あ、あの……し、失礼しました。お取込み中だったのに……」

吉は深々と頭を下げ、立ち去ろうとした。その腕を真二郎がつかむ。

「……ここに来たってことは、北斎先生のところまで行ったってことだろう。用事はなんだ？」

「……あ、あのお絹さんから、急ぎ、真二郎さんを探してくるように言われまして。……至急、絵をお願いしたいそうで……」

「お絹さんの使い⁉　それで両国まで行ったってのか、馬鹿正直に……」

「馬鹿正直って……小舟町もまいりました」

吉が顔を上げると、腕をつかんでいた真二郎の手が緩んだ。あきれたような表情で、吉を見つめている。

「国芳さんのとこにまで⁉　で、北渓の書き物は……」

「……難航しております」

また目をふせた吉の耳に、真二郎が「たはっ」とつぶやく声が聞こえた。

「手数《てかず》をかけてすまなかったな」

真二郎とふたり並んで町を歩いた。

海賊橋にさしかかったとき、今まで黙っていた真二郎が口を開いた。

「……たまげたんじゃねえか……」

「……えっ」

「おれが女中の子だって話さ」

「……ごめんなさい。聞く気なんてなかったんですけど……。そんな事情があったなんて……」

「人に言って回るような話じゃねえからな……」

「あたし、さんざん、真二郎さんはおぼっちゃんだから、なんて言って……」

「言っただろ、違うって」

「本当にすみませんでした。……あの……お母さん、会いたがっていらっしゃるって……ほんとにあれでいいんですか」

出過ぎたこととわかっていながら、吉は口にした。真二郎は空を見あげた。

「……考えてみりゃ、おふくろもかわいそうな女なんだ」

父親は三年前に亡くなり、今、母親は兄一家と一緒に住んでいるという。

「嫁に入っても、父と兄はおふくろを女中として扱った。それがおふくろは悔しくてならねえんだ。……兄を見返せ。学問をして賢くなれ、剣術を修めて強くなれ……どこぞの家に養子に行き、兄よりも出世しろという。……だが、おれはそんな生き方はしたくねえ」

「……志乃さんという方は……」

「隣の家の娘で小さいころからうちによく出入りしていた。筆頭与力のひとり娘だよ」

「筆頭っていうと、与力の中でいちばんえらいということですか」

「おふくろはそこが気に入っていて、おれに懐《なつ》いている志乃をあおっているんだろう」

「志乃さんと夫婦になれば、真二郎さんがお兄さんを見返せるって……」

「ああ。志乃も気の毒だ。だがあれだけ言ったから……」

「………」

「志乃の婿《むこ》になりたい男ならいくらでもいるだろう。とにかくおれは、誰かの恨《うら》みをはらすために生きるなんてまっぴらなんだよ」

吉は真二郎の気持ちがわかるような気がした。

同時に、十二歳のときに亡くした両親のことを思い出した。今では顔もおぼろげになってしまったが、ふたりのことを思うだけで、あたたかいものに包まれているような心持ちになる。真二郎は母親のことを面倒くさそうに言うけれど、生きているだけで、うらやましいとも思う。

「……でも、お母さんが真二郎さんを産んで育ててくださったんですよね。お母さんがいなかったら、真二郎さんはいないわけだし。……絵も上手だし、腕も立つし、案外頼りになる……真二郎さんがいてくれてよかったって思います。ちょっとだけでもお母さんに優しくできたらいいのに。生きているんだから……」

真二郎は驚いたように吉を見た。


絹はいらいらしながら待っていた。

「申し訳ありません、遅くなって」

「ほんとに……どこまでいらしたのかと案じておりましたわ」

嫌味たっぷりに吉にぴしっと冷たく言いきったかと思うと、絹は真二郎に向き直り、いきなり説明をはじめた。

今回の読物は、両国広小路で評判になっている「ヒクイドリ」と「空飛ぶ謎の珍獣」だという。

「ヒクイドリの背は六尺（約一八〇センチ）。鶴を太らせたような体型で、どっしりとしております。ただし頭は小さく、目が大きく、長いまつげがびしっと生《は》えていて、首と顔、足は灰褐色《はいかっしょく》。一方、胴体はふさふさの羽根でおおわれています。色は漆黒《しっこく》。艶《つや》もございます。足の指は長く、大きな鋭《するど》いかぎ爪がついているんです。主食は米と麦、鉄や石、炭といわれます」

「ええっ！　鉄や石？」

聞き耳をたてていた吉がつぶやくと、絹はだまれと言わんばかりにきっとにらみつけた。

空飛ぶ謎の珍獣は、体長が一尺五寸（約四五センチ）、尾の長さが二尺（約六〇センチ）で長い毛に包まれた猿のような胴体を持ち、木から木に飛んで移動するという。

「それではどうぞよろしくお願いいたします」

絹は一礼すると、出て行った。吉には礼のひとこともなかった。

真二郎探しにすっかり時間を使い、思いがけず聞いてしまった真二郎の話も胸に重く、吉はくたくただ。けれど、北渓の読物をまとめなくてはならない。

歌舞伎、都都逸、それ風にと光太郎は言ったけれど、門外漢がやみくもに真似るのは危険だと吉は思った。

声に出したときに、歌舞伎の台詞に聞こえるような、都都逸の節を思い出すようなものであればいいのではないか。大事なのは調子だ。

吉は筆をとった。

――絵好きが高じて、大名家出入りの魚屋をあっさり廃業。

葛飾北斎に入門、狂歌本《きょうかぼん》で名をはせて、

『北里十二時《きたさとじゅうにじ》』、『北渓漫画』で人気を博す絵師・魚屋北渓。

月も朧《おぼろ》に白魚の篝《かがり》も霞《かす》む筆の冴え、この世の妙を描きける——

まず、絵師としての北渓を紹介した。次は北渓の姿形を書く。

——ハテその素顔は　絵師には惜しい、役者にしたいと、娘年増に姥《うば》桜、揃いも揃って胸をふるわす伊達《だて》男　はたまた見目麗《みめうるわ》しき今源氏《げんじ》——

それから菓子の話だ。

——好きな菓子はと尋ねれば、赤坂桐畑池田屋の、茶人垂涎《すいぜん》の落雁なり。

図案はその人北渓で、薄葉の葉脈くっきりと、花びらの濃淡鮮やかに、
浜の真砂《まさご》に光る貝、雲の峰湧く青楓、薄暮に浮かぶ妖《あや》しき夕顔。

淡雪《あわゆき》の　ごとき口どけ　やわらかに　甘さはさながら春の宵《よい》
こいつぁ夏でも縁起が良いわい　値千金《あたいせんきん》の上々吉《じょうじょうきち》の甘味なり——

やっと筆をおいたときには、夕暮れが迫っていた。文机のまわりには反故紙《ほごがみ》が丸められている。この一角だけ、北斎の家みたいだと吉は苦笑した。

「遅くなって申し訳ありません。読んでいただけますでしょうか」

だいぶ前に戻ってきて、吉の読物ができあがるのを待っていた光太郎におそる

おそる見せる。返ってきたのは、う〜んというなり声だった。

「全体はいい。だが……淡雪のごとき口どけ、甘さはさながら春の宵、こいつぁ夏でも、のくだりがうるせぇな。言わんとしていることはわかるっちゃぁ、わかるが、冬と春と夏が混じり合って、ごちゃごちゃしてらぁ。淡雪はまあいい、冬じゃなくても淡雪羹《かん》なんてもんが売られているからな。……こいつぁ夏でも縁起が良いわいも、今が夏だから生かそう。……春の宵だな、問題は。これを違うものに置き換えるか」

光太郎はばっさりと言った。

甘さを感じさせる表現……。それも爽やかな、和三盆の澄んだ甘さを感じさせるものでなくてはならない。頭の中から春の宵という言葉を吉は振り払った。

ふわりふわふわ、いや違う。すーっ、これも違う。さらりさらさら、全然だめ。薄絹を重ねたような……まわりくどい。

頭の中に浮かぶ言葉を、次々に吉は消していく。やっと、これかと思う表現を見つけたと思って、光太郎に見せても、何度も渋い顔で突っ返された。

また首を横に振られたら、しばらく頭を冷やしたほうがよさそうだと思いながら、吉は光太郎の前に座った。文章に目を通した光太郎がふむとうなずいた。

「これでいくか。──淡雪の　ごとき口どけ　やわらかに　朝露の　ごとき味わい　清《きよ》らかに──こいつぁ夏でも縁起が良いわい　値千金の上々吉の甘味なり──。……朝露は、夏を感じさせる。清涼感もあらぁ。真さんの絵もいい味わいだ。よし、刷りに回すぞ」

きりっと結い上げた町人髷《まげ》、鼻筋の通った北渓の横顔を真二郎は描いていた。繊細に描かれた落雁の数々は夏の花園を思わせる。そして片隅に、貝が描かれていた。

その絵を見たとき、吉の頭の中で何かが弾けた。

「真二郎さん、お願いがあるんですけど……今日、ちょっと付き合っていただけませんか」

「付き合う？」

誤解されたかと、吉の頬がかっと赤くなった。あわてて手を横に振る。

「き、琴太のことで……すぐに済みますから」

吉は真二郎を小松町の松五郎と民の家に引っ張っていった。並んで玄関に立っているふたりを、民は驚いたように見た。

吉の腕をぎゅうぎゅう引っ張って、外に連れ出し、民は耳打ちする。

「男連れなんて……それも二本差しを連れてくるなんて、おったまげじゃないか。でもわかってるよね。深入りしちゃいけないよ。身分違いは不幸のもとだ」

民の声が案外大きくて、真二郎の耳に届いているのではないかと、吉はびくびくしながら打ち消した。

「おかみさん、ち、違います。あの人は風香堂の絵師で。琴太の描いた絵を見てもらうために来てもらったんです……」

「あら、琴太の⁉　ああ、絵師だから。へえ、なんだ。そうなの……あたしったら、先回りしちゃって……」

民は照れ隠しのように自分の額《ひたい》をぺしっとはたく。

「……琴太はどうでしたか？　変わりありませんでしたか」

今日は以前と同じように絵を描いたり、独楽《こま》回しをしたりしていたという。

「遊びに夢中になってて、買い物に行こうと言っても、家で遊んで待ってるって。一日中、家で過ごしてた……とても自分のことを思い出したようには見えないけど」

真二郎は居心地の悪そうな表情で、玄関の天井を見上げて待っていた。民が「お迎えだよ」と叫ぶと琴太が飛び出してくる。抱きついた琴太の頭を吉はゆっくりと撫でた。

「いい子にしてたって、おかみさんから聞いたよ。えらかったね」

奥から戻ってきた民は、何枚かの紙を真二郎に手渡す。

「はい。これが今日、琴太が描いた絵。……たいしたもんですよ。こんなちっちゃい子がこれだけの絵を描くなんて」

蝶《ちょう》や花が繊細に描かれている。絵を見た真二郎の眉が上がった。

「うめえもんだな」

この人は誰という顔をした琴太に、読売の絵師だと吉が言うと、琴太は目を丸くしてじっと見つめた。

「おじさん、絵を描いてるの？」

「おじさんじゃなく、おにいさん」

すかさず、吉は琴太に言った。

「どんな絵を描いているの、おにいさん」

「なんでも描く。こういう絵も、人の顔も、風景も……琴太は、絵を描くのが好きか」

琴太がこくりとうなずく。

「おれもだ。琴太はほんとに上手だな。描くのが楽しいという気持ちが絵の中にあふれてる」

琴太は、照れくさそうに、「ほめてくれてありがとう」と真二郎に小さな声で礼を言った。

ふたりを長屋まで送り届けた真二郎は、帰り際、吉を外に連れ出し、耳打ちした。

「……琴太の絵は、菓子の図案そのものだ。池田屋の菓子見本帳の意匠とよく似ている……もしかしたら、あの菓子見本帳を見たことがあるんじゃねえのか」

菓子見本帳を目にすることができるのは、限られた人だけだ。北渓、菓子職人、贔屓《ひいき》の客、そして木型職人。木型職人は市ヶ谷揚場町の梅治と言っていた。

吉は、はっとして頰を両手でおさえた。

市ヶ谷揚場町は、琴太が流れてきた神田川の上流にある。

梅治と琴太は何か関係があるのだろうか。

「とりあえず、明日、市ヶ谷揚場町に行ってみるか。何か、わかるかもしれん」

真二郎も同じことを考えていたらしい。

その四　青い月

舟で流れてきた琴太が辿《たど》ったはずのところをさかのぼろうと、翌朝、真二郎と吉は昌平橋から猪牙舟《ちょきぶね》に乗った。

神田川の両側には盛り土がしてあり、土手がずんと高い。まるで渓谷の中を流れる川のようだった。

切り立った緑の土手の上に今日も青い空が広がっていた。早朝のため、川面《かわも》の照り返しがきつくないのがありがたかった。水鳥を避けるように、すでに盛んに小舟が行き来している。

船着場はところどころに設けられていて、客待ちをしている船頭や、風呂敷を担《かつ》いで舟に乗ろうとしている風景を見ることができた。かと思えばところどころで釣り人がのんびり釣り糸を垂らしていたりもする。

市ヶ谷揚場町の船着場は中でも賑《にぎ》わっていた。荷揚場《にあげば》にちなんだ町名がついているくらいなのでそれも道理で、船着場には比較的大きな船も係留されている。

それぞれの船には軽子《かるこ》と呼ばれる、尻端折《はしょ》りをした人足《にんそく》が群《むら》がり、ざっくりと縄で編《あ》んだ軽籠《かご》に荷を担ぎ上げている。あたりには船から蔵に運び込む男や荷車に乗せる男たちの野太い掛け声が響き渡っていた。米、味噌《みそ》、醬油《しょうゆ》、酒から、材木まで生活用品すべてが荷揚げされている。

通り沿いには白壁の蔵が立ち並び、茗荷屋《みょうがや》、丸屋《まるや》などの看板を掲げた大きな船宿も軒《のき》を連《つら》ねている。

茗荷屋の右隣の青物屋に尋《たず》ねると、梅治の家はすぐにわかった。船着場の裏通りに面した表長屋の一軒だという。

梅治の家の戸は閉ざされていた。ふたりは裏にまわり、勝手口に声をかける。

「ごめんください。どなたかいらっしゃいませんか」

中はしんとして音もない。そのかわりと言ってはなんだが、わらわらと長屋の人たちが集まってきた。裏長屋から出てきた女たち、表店《おもてだな》の勝手口から出てきた職人や店の主が、ふたりを取り囲む。

「おめえさんたちは？」

店の名を染め抜いた半纏《はんてん》をはおった恰幅《かっぷく》のいい男が、腕をまくりながら真二郎に聞いた。

「風香堂という読売屋のものでございます。こちらの梅治さんにお聞きしたいことがあり、まかりこしました」

琴太の頭を殴《なぐ》り舟に乗せた者があたりにいて、話を聞いているかもしれない。琴太のことは伏せ、あくまで風香堂の聞き取りを装うと、舟の中で吉と真二郎は打ち合わせていた。

「読売屋《よみうり》が何の用でぇ」

老若男女《ろうにゃくなんにょ》が顔を見合わせ、ざわめいた。

「先日、梅治さんの木型を使っている赤坂の池田屋さんの落雁《らくがん》をいただきまして、それは見事でしたので、いったいどんな方が型を作ったのかと……」

「ああ、菓子のねぇ……なんだ。そうかい」

とたんに、みなの表情が和《やわ》らいだ。

「梅治さんは腕のいい菓子の木型職人だからな……」

半纏の男は腕組みをといた。

「あいにくだが、梅治さんは、尾張のほうに修業に行きなさった。しばらく戻らねえ」

「じゃ、ここには誰も住んでいらっしゃらないんですか」

吉が尋ねると。男は言葉を濁《にご》した。

「……まあ……」

「……お弟子さんと息子さんがいるって、耳にしましたけど……」

男はむっと唇をひきしめる。

「せっかくここまで参りましたので、お弟子さんにでも、お話をお聞きできれば……」

吉が遠慮がちにそう言うと、おかみさんのひとりが、縁台に座るように勧めた。半纏の男も別の縁台に腰をかけ、ため息をついた。

それから男は、苦い表情で、留守番をしていた弟子の辰吉《たつきち》と、梅治の息子の勝《しょう》太《た》が七日ほど前、忽然《こつぜん》といなくなったと言った。

「いなくなった？」

男は吉と真二郎の顔を見てうなずく。

「前の晩は、湯屋から帰ってきたふたりが、この縁台に腰かけて西瓜《すいか》を食べていたんだ」

「朝も元気に挨拶《あいさつ》して……でも昼過ぎには姿が見えなくなっていたんだよ」

「弟子の辰吉は大将が修業から帰ってくるまで、おれが面倒を見ますって請け合って。あたいたちも手伝うつもりでいたのに……」

女たちが口々に言う。その朝までふたりはここで暮らしていた。しかし、それからのちのことがわからない。

「出ていく理由なんてねえんだ。梅治さんが出かけてからも、辰吉は毎日、鑿《のみ》を持って一所懸命、修業を続けていたんだから。親方のような貝の木型をいつか作りてぇって」

「辰吉はいい職人になるって、梅治さんは言ってたよ。手先が器用で、仕事が丁寧で、目がいいから細かいところも見逃さずに仕上げるからって」

辰吉は二十をいくつか過ぎたばかり。中肉中背で、しもぶくれの顔で、右耳の後ろにほくろがふたつあるという。子どものころに怪我《けが》をしたらしく、左足を少し引きずっているとも、女たちは言った。

夕方になって、昼からふたりの姿が見えなかったことに不審を覚えた長屋の人たちが家の中に入ると、家財道具一式は残っていた。布団もそのままだった。

だが、辰吉がこれまで作った木型などは消えていた。以来、辰吉と勝太の行き先は杳《よう》として知れない。

「勝太は絵がうまくてね。よく地面にしゃがんで、棒で桜や梅の絵を無心に描いていた」

「勝太が四つのときにおかみさんが病で亡くなったけど、素直で明るい子に育って……、梅治さんの自慢の息子なのに」

勝太の年恰好を聞くと、琴太とぴったり一致する。

吉は、琴太が池田屋の落雁を見て涙を目に浮かべたことを思い出した。父親の作った木型の落雁だと、あのとき、琴太はわかったのだろう。記憶を取り戻したのはあの瞬間だったのではないか。

大家に頼んで、吉と真二郎は家の中に入らせてもらった。

間口は二間、奥行きは四間半。通りに面したところに土間があり四畳半、八畳と続き、勝手口と台所がある。大家はがらんとした家を見回しながら、長いため息をついた。

「梅治さんとはかれこれ十年のつきあいになる。息子と弟子がいなくなったことを何て伝えていいのやら……」

大家の言葉の端々《はしばし》に梅治や辰吉、勝太への思いがにじんでいた。

ふたりがいなくなったことを御用聞きにも届け出たが、動いてもらえなかったとも、大家は言った。

「このあたりは大店の出店が多いから、貧乏人のことなど、ほったらかしで……」

「辰吉と勝太が仲たがいをするなんてことはありますかね……」

吉が思い切って尋ねると、大家は目をむいた。

「辰吉は勝太を弟のようにかわいがっていた。……あたしは、ふたりが何か事件に巻き込まれたんじゃないかと思ってるんです。今頃どこでどうしているのかと思うと……」

大家は手拭《てぬぐ》いを目にあて、鼻をしゅんとすすった。

真二郎と吉は顔を見合わせた。真二郎が目で吉を促す。吉は思い切って大家に、琴太のことを打ち明けた。

「舟で？　頭に怪我を？　あんたが今面倒を？　元気でやっているんですね。あ、あ、ありがたや……」

大家は絶句し、目に涙を浮かべた。

「怪我をさせたのは……辰吉さんってことは……」

「そんなことをするはずがありません。あたしの命をかけてもいい。……辰吉は命を張っても勝太をかばうような男です。何があったのか……辰吉は……無事でしょうか。殺されたりしていねえですよね」

大家の口元がわなわなと震える。

勝太の命を再び狙《ねら》うものがいないとも限らないので、勝太が生きていて、吉の世話になっていることは誰にも言わないでほしいと真二郎は大家に念を押した。

「わかりました。殺されたって、言いやしません」

煙窓から光が差し込んで、部屋の中はほの明るい。そのとき、吉は荒神《こうじん》様のお札がおかれた棚の上で何かがきらっと光ったことに気が付いた。

背が高いのが役に立つのはこんなときだ。吉は、棚の上にひょいと手を伸ばした。ちりんと音をたてて、土間に落ちたものを、吉はかがみこんで拾《ひろ》い上げる。

「真二郎さん、大家さん、これ……」

「二分金じゃねえか」

縦七分六厘（約二三ミリ）、横四分六厘（約十四ミリ）の長四角の黄金《こがね》色の銭だった。

表面上部には扇《おうぎ》枠《わく》に五三の桐《きり》紋、真ん中には「二分」、下部にも五三の桐紋が刻印されている。裏面には光次《みつつぐ》の署名と花押《かおう》が刻まれていた。

「なんでこんなところにお金が」

吉はまじまじと二分金を見つめた。

「梅治が辰吉に預けていったんだろうか。……そうだ。お吉さん。その二分金をどうぞ持って行ってください。勝太の面倒を見るにも、金がかかる。医者への支払いもいる。梅治もきっとそう願うはずです」

大家が言った。吉は首を激しく横に振った。

「め、滅相《めっそう》もない。こんな大金、受け取るわけにはいきません」

二分金は二枚で小判一枚。一文銭千枚にあたる。

「いいや、あんたに持って行ってもらうのがいちばんいい」

「……い、いえ、こんなにおっきなお金なんて、いやですよ」

女中が一年働いてもらえるのは、二分金六枚にあたる三両ほどなのだ。

「本来だったら、あたしがあの子を引き取らなければならないところだ。町の世話役でも御用聞きの家族でもないのに、お吉さんはただあの子が不憫《ふびん》だと預かってくれている。いくら手を合わせたって、足らないくらいですよ。今ここで二分金を見つけたのも、神様のご加護というものだ。どうぞ、持って行ってください……」

大家も引き下がらない。

「お吉、預かっといたらいいじゃねえか。この人の言う通りにして、余ったら、あとで返せばいい」

真二郎が間に入る形で言った。大家がうなずく。

「……お吉さん、勝太とふたり、何かうまいものでも食べてください。お願いします」

そこまで言われてはしかたがない。

「何が好物なんでしょうね、勝太は」

「菓子が好きなんですよ。大福、饅頭《まんじゅう》、落雁、飴《あめ》、煎餅《せんべい》……勝太も辰吉も甘党で……」

吉は二分金を押し頂くと、ちり紙で包み、巾着《きんちゃく》の中に入れた。

梅治から知らせがきたら教えてくれと頼んで、風香堂の住所を書いた紙を大家に渡し、真二郎と吉は長屋を後にした。

「琴太、いや勝太、ええいめんどくせぇ。こっちに戻すまでは琴太と呼ぶぜ。……いったいなんで辰吉は姿を消したんだ？　木型職人の仕事道具がないのはなんでだ……」

帰りは土手の上を歩いた。琴太が誰かはわかったが、辰吉をつかまえ、話を聞かなければ、琴太の怪我と舟の謎は解けない。

事情がわからないまま、琴太に事実を打ち明けるわけにもいかない。

ふたりが黙々と歩いていると、渦巻模様《うずまき》の女物の着物を着た飴売りが、鉦《かね》を叩いて踊りながらやってくるのが見えた。

「あ〜い、飴やぁ、よかよか飴屋が来たわいな。早く来ないとなくなるよ。飴やあ飴やぁ、ひとつ、きっぱりひとつ文」

吉は飴売りにかけより、ぱっと指を広げた。

「五つくださいな……こういうときは甘いものを食べて、元気を出さなくちゃ」

吉は巾着から一文銭を五枚出した。

「真二郎さんもおひとつどうぞ」

大きな黒飴だった。頬ばると飴でふたりの頬が膨らんだ。

「でけえな、この飴は」

「琴太へも持ってってやります。口からはみ出しちゃいそうだけど」

黒糖の濃厚な甘さを味わいながら、吉は琴太のためにできることをしようと思った。

風香堂に戻り、これまでのことを話すと光太郎は、菓子の読物はさておき、しばらくの間は琴太の一件にかかっていいと、懐《ふところ》の深いところを見せた。

「……木型職人の息子だったとはなぁ。それも、北渓の意匠を刻んだ職人とくれば天下一品だ。その父親が修業に行っている間に、事件が起きたってわけだ。話を聞いた限りじゃ、その辰吉って男、悪いことなんてできねえ気がするが」

光太郎は渋い声で続ける。

「しかし……そいつが……金を持ってひとりで逃げたとも考えられるよな」

「旦那さん、それはあんまりってもんじゃ……」

光太郎がそう言った吉を咎《とが》めるように見た。

「おめえ、世の中の人はみんないい人だなんて思ってんじゃねえだろうな。雷電屋の娘を見ろよ。一見、働き者の娘だ。けど、内実は……じゃねえか」

「でも……」

「悪いことに手を染める者は大勢いる。落ちてた金を拾《ひろ》って、猫ばばしたいと思ったことはねえか。誰にも見られてねえならと、財布に入れちまうやつの気持ちが、おれぁ、わかるぜ。だいたい、いちばんありえねえ人物が下手人《げしゅにん》だったりするのが世の習いなんだ」

吉がうんざりしているのもおかまいなしで、光太郎は人の悪いことを言って、つるりと顎《あご》を撫でた。

「こりゃ、読物のネタになるな」

光太郎はにやりと笑った。

「このところ、絹も目の色変えて、同心の上田さんにくっついてまわってるし」

「上田を、お絹さんが？　何か事件でも」

真二郎が身を乗り出した。

「絹か上田さんから直接聞いてくれ。おれがばらしたなんてことがわかったら、あいつは目を三角にしてつっかかってくるに決まっているからな」

光太郎の目がうれしそうに笑っている。わが身に火の粉《こ》がかからない限り、事件は光太郎の大好物だった。

番屋に急ぎながら、絹がこの間、上田が忙しくしていると皮肉混じりに言っていたことを吉は思い出した。

江戸の治安を守る定町廻《じょうまちまわ》り同心は、南北両町奉行所にそれぞれ六人。合わせて十二人しかいない。その人数でスリから詐欺、心中から殺人、強盗から抜け荷まで、あらゆる事件を扱っているのだから、上田が忙しいのは当たり前だと、絹の話を素通りしてしまった。もっとも面と向かって尋ねたところで絹は吉になど話す気はさらさらないに決まっている。

とりあえず、上田か小平治が来たら、風香堂に回ってほしいと番屋に伝言を残して帰ってくると、清一郎が吉を呼び止めた。

「明日、妻恋町の菊屋の主が来てほしいと、わざわざ言いにやってきたぜ。おめえに食べてほしいものがあるんだとよ」

「まあ、昌平さんが……ありがとうございます」

昌平の柔和《にゅうわ》な顔を思い出した。

二階に上がると、真二郎は筆を持っていた。

「覚えているうちに、描いておこうと思ってな」

さらさらと筆が動き、一人の男の顔が浮かび上がった。頬の肉がげっそりとそげ、糸のように吊り上がっているきつね目の三角顔の男。もう一枚には、眉毛が濃く長く、首筋に刀の傷跡がある、えらのはった男。

雷電屋から逃げた男二人の人相書きだ。

「そっくり……これを上田さんに回せば、きっと捕まえることができますね」

「江戸から出てなきゃな……辰吉の目鼻立ちも、もっと詳しく聞いてくりゃよかったな」

ぽつりと真二郎がつぶやいた。


上田がやってきたのは夕方になってからだった。絹がとり澄ました顔でその後を歩いてくる。上田は雷電屋の男ふたりの人相書きを受け取ると、小平治を摺師《すりし》のもとに走らせた。

「琴太の身元がわかったんだ」

真二郎がそう言うと、上田は目を光らせ、身を乗り出した。

話を聞いた上田は感心したように首を横に振った。

「菓子と絵が手がかりとは……お吉さんじゃなきゃ、気が付かなかったかもしれませんな。早速、明日、市ヶ谷揚場町に行ってみますよ」

気安く請け合った上田を見て、絹は目を吊り上げた。

「上田様、こんなときにそんなことにかかずらってよろしいんですか」

「そんなことって……お絹さん、人ひとりがいなくなってるんですよ。琴太も大怪我して……」

口をとがらせて腰を浮かした吉をなだめるように、上田が言う。

「お吉さんの言う通り、人の命がかかってる。見過ごすことはできねえよ」

「……でも……」

絹は不満を隠さない。真二郎が上田を見た。

「今、何を追っているんだ?」

口を開きかけた上田を遮り、絹は吉に釘をさすように言う。

「これは私が調べている事件ですから。よろしゅうございますね」

「私がって……」

「読物の話ですので、上田様、お気遣いなく」

眉をひそめた上田に絹がぴしゃりと言う。絹の剣幕《けんまく》に押されて、みなうなずくしかない。

上田は懐から一枚の銭を出し、真二郎に手渡した。

「これがどうしたんだ。二分金じゃねえか」

「まあ、今日は二分金に縁がある日ですね」

真二郎の手元を覗《のぞ》き込みながら、吉が言う。

「よく見てくれ」

表、裏、裏、表……真二郎は二分金を何度もひっくり返しながら、食い入るように見つめた。手の平で揺らして重さも確かめる。

上田は続いて、小さな石を真二郎に手渡した。砥石《といし》だった。

「まさか……」

真二郎は手にしていた二分金を、カチッと音をたてて砥石に打ち付ける。打ち付けたところだけ、金が剝《は》げた。

「贋金《にせがね》か……」

真二郎が啞然とした表情でつぶやく。上田はうなずいた。

八年前、文政《ぶんせい》に年号が変わって使われるようになった二分金だ。文政二分金とも呼ばれる。

これまでに幕府は何度も小判や二分金の改鋳《かいちゅう》を重ねてきた。そのたびに金の含有量は減らされ、今流通しているこの二分金はこれまでに作られたものの中でも最低という代物だった。

文政二分金なら俺にも作れそうだぜ……そんなことをうそぶく輩《やから》はいくらでもいた。だが、贋金づくりは、天下の大罪である。

はっとして、吉は巾着《きんちゃく》の中から懐紙《かいし》に包んだ二分金を取り出した。

「まさかと思いますけど……ちょっとそれを」

吉が砥石にカチッと打ち付けると、そこだけ金が剝《は》がれた。

「……こ、これも贋金みたい……」

吉と真二郎、上田と絹の口がぽかんとあいた。

「お吉さん、その二分金、どちらで手に入れたんですの」

絹がいち早く我に返り、舌鋒鋭《ぜっぽうするど》く吉に詰め寄る。

琴太と辰吉が住んでいた長屋の荒神様が飾られていた棚の上に置かれていたと言うと、その場が凍り付いた。

「もしかしたら、辰吉とやらが、贋金づくりにかかわっていたのではありませんか。それがばれそうになって、子どもを殺《あや》めようとしたとか」

吉が絹をにらんだ。

「お絹さん、滅多《めった》なこと、口にしないでください」

「あら、ありえると思いますけど」

絹のすました横顔を見ているうちに、吉はむかっ腹が立ってきた。自分がこれほど勝太と辰吉のことを心配しているのに、軽く鼻であしらわれているような気がする。

「憶測ばかりじゃないですか」

思わず皮肉っぽい口調になった。絹は怒気をはらませた表情で言い返す。

「憶測のどこがいけないんですか。そうじゃないって証拠がない限り、いろいろ考えてみるのが常道じゃないですか」

「証拠って……」

吉はぐうの音も出ない。

「どこでそっちの贋金が出たんだ？」

真二郎が上田に聞いた。

「料亭の八百善《やおぜん》、大丸呉服店、越後屋呉服店、白木屋呉服店、骨董商、吉原《よしわら》などで見つかったようだ」

あいまいな言い方だった。

「……訴えは出てはいねえってことか」

「贋金をつかまされたというのは、店の恥だからな。大店であればあるほど口を閉じるさ」

だが、そうした話は隠そうとしても、どこからか漏れ出てしまう。

「八百善って、あのお茶漬けの？」

吉は意外そうに顔をあげた。

八百善は当代一の料理屋である。八百善にはさまざまな逸話がある。中でも有名なのが、客が極上の茶漬けを注文したところ、半日も待たされてやっとお茶漬けと香の物が出てきた。茶は宇治《うじ》の玉露《ぎよくろ》、米は越後の一粒選《よ》り、香の物は、春には珍しい瓜《うり》と茄子《なす》の粕漬《かすづけ》。水は早飛脚で取り寄せた玉川上水《たまがわじようすい》の取水口のもので、勘定《かんじよう》は一両二分だったという。

三年前に四代目の主・栗山善四郎《くりやまぜんしろう》が『江戸流行料理通』という料理の指南書を出版してから、八百善の名声はいっそう日本全国にとどろいている。

吉も、『江戸流行料理通』を、松五郎から見せてもらったことがあった。

蜀山人《しよくさんじん》や亀田鵬斎《かめだほうさい》が序文を書き、谷文晁《たにぶんちよう》や葛飾北斎が挿し絵を描いたという豪勢な本だ。魚や海老をすり鉢ですったものを細く絞り、そうめんに見立てた魚ぞうめん、生姜《しようが》でかつおを炊いたかつおの浅煮……茶漬け一杯に半年分の給料を出す気にはなれないけど、どれも生唾《なまつば》が出そうなほどおいしそうだった。

「大丸、三井越後屋、白木屋……こっちはみな、正札《しようふだ》つき現金掛け値なしの店だな」

真二郎がつぶやく。おおかたの呉服店は、顧客の気に入りそうな反物《たんもの》を家に持参する「屋敷売り」という売り方をする。支払いは年に一回か二回、まとめて受け取る「掛け売り」だ。

それに対し、これらの呉服店は、客に店に来てもらい、現金での正札販売を行なっている。一見《いちげん》さんお断りのようなこともなく、従来の呉服店に比べてぐんと敷居が低い。

「……この贋金づくりには、両替商が絡《から》んでいると俺は見ているんだ」

低い声で言った上田に真二郎が眉をひそめた。

「両替商が、そんなあぶねえ橋を渡るか？」

両替商は金銀銅の両替をするだけでなく、金を預かったり、貸し付けたり、遠く離れた土地へ送金をしたりする。利は厚く、巨万の富を手にしている店も多い。それだけうまみのある仕事が軌道に乗っていたら、死罪が待っているような悪事に手を染めることはなさそうに思える。

吉は頬《ほお》に手をあてて首をひねった。

「なんでこの二分金が琴太、いえ勝太と辰吉の長屋にあったのかしら」

あの長屋の様子を見れば、贋金なんぞとは無縁に地道に暮らしていたとしか思えない。みな、だまりこんだ。

「上田さん、明日の市ヶ谷行きが楽しみになりましたわね」

したり顔でそう言った絹を上田は困ったような目で見た。

「申し訳ないんですが、お絹さん、これ以上、私の後を尾《つ》けるのはやめていただけますか」

「私、お邪魔などしておりませんけれど」

「この一味はかなり大がかりなものだと思われます。つかまれば獄門になるとわかって、贋金づくりに手を染めている。探索の手が迫っていると察すれば、何をするかわかりません」

「平気ですわ。私、小太刀《こだち》も多少、使いますし」

絹はけろりとして言う。小太刀を使うというのは吉にとって初耳だった。旗本屋敷に奉公したときに稽古《けいこ》したのかもしれない。

「凶悪な相手です。生兵法《なまびょうほう》は大怪我のもと。人を殺めようと向かってくる相手と対峙《たいじ》することなど、お絹さんにはできやしません」

憮然とした絹に構わず上田はきっぱりと言った。

吉が迎えに行くと、琴太は今日も絵を描いていたと民は言った。

「家にいるのが好きなんだってさ」

民と松五郎には、琴太の身の上が判明したことは伝えなかった。松五郎はさておき、民は何もかも顔に出てしまう。悪気はないが、ことを自分の腹の中におさめておくことができない性質《たち》なのだ。不用意な言葉を琴太にかけたり、頭を撫でながら涙を流したりしないとも限らない。

薄暗くなった町を、琴太はぎゅっと吉の手を握り、吉の後ろに隠れるようにして歩いた。

「あ〜んして」

海賊橋を渡るとき、吉は琴太の口に、飴売りから買った黒飴をひょいと入れた。

「おっき〜い」

ほっぺたを膨らませて、琴太はにっこり笑った。

日が落ちて風が強くなり、雲が勢いよく動いている。風の音に、ときおり遠くで犬が吠《ほ》える声が重なる。月に雲がかかると闇となり、雲が払われると煌煌《こうこう》と明るい光がさし、影が濃くなった。

いったい、誰がこんな小さな子どもの頭をこっぴどく叩いたのだろう。二分金のことを琴太も何か知っているのだろうか。

辰吉はどこに行ってしまったのか。謎は深まるばかりだ。

琴太は翌朝も、寝小便を漏らした。


上田から遠慮してほしいと言い渡されたのに、翌日、絹は真二郎を伴い、市ヶ谷揚場町に出かけると言った。

「揚場町に都都逸の名手がおりますので。その聞き取りに参ります」

言うことをきかない絹に手をやき、親はついにあきらめたという話は本当らしいと、支度《したく》をしている絹の横顔を見ながら吉は思った。

絹は駒込《こまごめ》にある大きな質屋の娘だが、書の腕を買われ、十四歳から二十二歳まで、五千石の旗本のお嬢様付きの女中として奉公した。この美貌に、行儀作法まで身に着けたのだ。家に戻った後、降るように縁談が持ち込まれたという。だが、籠の鳥の暮らしはいやだと、絹は縁談を片っ端から断った。当初は困惑していた親はやがて激怒したという。だが絹は折れなかった。折れるどころか家を出て二年前からこの近くの仕舞屋で、書を教えながらひとり暮らしをしていたつわものなのである。

いやなものはいやだとはっきり言い、自分がしたいことをするためなら和を乱しても平気な絹が吉はうっとうしくもあり、ほんのちょっとだけうらやましかったりもする。

「お絹さんと御一緒に、市ヶ谷揚場町にいらっしゃるなんて」

少しだけ皮肉っぽく吉が言うと真二郎は声をひそめて耳打ちした。

「光太郎さんから絹が暴走しねえようについていってくれって言われたんだ。おれは絹の見張りさ」

納得はしていないが、吉はそれ以上何も言えない。

「……気をつけてくださいね。剣呑《けんのん》なことがあるかもしれないんですから」

「琴太の長屋に足を延ばして辰吉の人相を聞いてくるよ」

「はい」

二人が出かけてすぐ、小平治が人相書きを持ってきた。雷電屋の娘に雇われた男ふたりを真二郎が描いたものだ。この人相書きは、町々の番屋などに配布するという。

「真さんは出かけちまったのか。帰ったら、よろしく言っておいてくれ。それじゃ」

「あの……今日はどちらに……」

「知ってんだろ。上田様のお供で市ヶ谷揚場町まで行ってくらぁ」

上田と真二郎と絹が顔を合わせたときのことを思うと、身がすくむような気がするが、吉は菓子屋で客商売をしていたころのように、「お気をつけていってらっしゃいませ」と微笑《ほほえ》んだ。

吉は、妻恋町の菊屋に向かった。風のない日だった。早足で歩くと、すぐに汗ばんでくる。神田川の土手に植えられた柳の枝が水際に垂れていた。

昌平橋を渡りしばらく行くと、宗伯の診療所の前に野菜の棒手振《ぼてふ》りが立ち止まっているのが見えた。棒手振りから小松菜を受け取っていたのは、馬琴だった。

「あれ、先生……どうなさったんですか」

「どうなさったもこうなさったもねえ。おれが金糸雀《カナリア》の世話をはじめると、女中がいなくなりやがる……。いいとこにきた、お吉、ちょいと手伝え」

ひとかかえもある小松菜を、馬琴は吉に押し付けた。小松菜は金糸雀の好物だ。

　このところ、金糸雀の卵があいついで孵《かえ》り、世話がいちだんと忙しくなったと馬琴は渋い顔で言う。

　厚紙でまわりをおおった籠に、馬琴は目をやった。その籠の数、十はくだらない。厚紙はご丁寧にすべて真っ白に塗ってあった。

「この厚紙、どうしたんですか」

　金糸雀は暗いところで卵を抱かないという。そこで馬琴が自《みずか》ら厚紙に白い顔料を塗りたくったと澄ました顔で言った。

「先生が？　顔料を？」

「……んなこと、北斎に頼めるか？　北渓がそのために刷毛《はけ》を持って赤坂から飛んで来るか」

　馬琴が女中を呼んでも返事もない。いちいち難癖《なんくせ》をつけてはくどくど文句を繰り返す馬琴と相対するくらいなら、なんと言われようと、手伝いは御免被《こうむ》るとばかり女中たちは逃げを決めこんだらしい。馬琴のせいで女中にやめられてはかなわないと家人も見てみぬふりだ。

　吉は言われるまま、井戸端で、小松菜をざばざばと洗い、ついていた泥を流し、籠に広げた。水を替え、餌《えさ》を足し、小松菜をやり、籠の掃除を終えるのに、半刻（約一時間）もかかっただろうか。最後に、棕櫚《しゅろ》をほぐしたものを、巣作りをしている籠に入れた。棕櫚も、特別に取り寄せたものだという。

吉が淹《い》れたお茶をひと口すすり、馬琴は顔を上げ、ずばりと言った。

「……琴太のことがわかったんだろう……」

「えっ？」

「顔に書いてある」

あわてて、自分の顔を両手で押さえた吉に、馬琴は重ねて言う。

「おめえの様子を見ていたらわかるんだよ」

琴太が、今、西の方に修業に行っている市ヶ谷揚場町の菓子の木型職人梅治の息子・勝太であることがわかったと言うと、馬琴はわずかに眉を上げた。

弟子の辰吉も、琴太が舟で流れてきた日以来、姿を消したこと、ふたりが住んでいた長屋に贋金の二分金が一枚落ちていたこと、同心の上田が今贋金の一味を追っていることなどを吉は手際よく話した。

「思ったより、話が入り組んでやがるな……。贋金か……贋金ってのはな。作るのに金がかかる。だがそれよりてぇへんなのは使うときだ。そこから足がつくからな」

「上田様は、両替商がかかわっているんじゃないかとおっしゃっているんです。でも両替商が……そんなばかな真似をするもんでしょうか」

「……そもそもどこで偽《にせ》の二分金が見つかったんだ？」

八百善や現金掛け売りの呉服店などのようだと答えると、馬琴の目が光った。

「金さえ持っていれば一見の客でも大事にしてくれる店が揃ってやがる。金持ちの田舎《いなか》もんが江戸見物で行きそうなところばかりだな」

思わせぶりにつぶやく。

吉はしばらく考えてから顔をあげた。

「……旅の途中で胡麻《ごま》の蠅《はえ》にあったら大変だから、誰も大金を持って歩きたくない。……たとえば上方のお金持ちなら、近くの両替商の出店にお金を預けて、為替《かわせ》だけを持って江戸まで来て、江戸の両替商でお金を引き出して、豪勢に遊ぶ。……ということですか」

馬琴がぱしっと膝《ひざ》を打つ。

「お吉、おめえのぼんくら頭もたまには役に立つじゃねえか」

「ってことはつまり……両替商が江戸で渡す金に贋金を紛《まぎ》れ込ませてるってこと……」

る。

「上田はそう考えて、両替商がからんでるとにらんでいるんだろう」

馬琴が立ち上がった。話は終わりということらしい。吉も礼を言って立ち上がる。

吉の胸がざわめいている。贋金が世の中に出回るからくりに気が付くことができた自分にも驚いている。しかしその二分金が琴太の家にあったという謎は依然として解けない。それとも、あの偽の二分金は、上田が追っている一味の贋金とは別のものなのだろうか。

部屋を出ようとした吉は、いつもならまっすぐに自分の部屋に戻る馬琴が、金糸雀の籠をまたそっと覗き込んでいることに気が付いた。吉の視線に馬琴は振り返った。

「雛《ひな》はたまに巣から落ちたりしやがる。そのままだと死んじまうから、巣に戻してやらねえと。……雄《おす》と雌《めす》が喧嘩《けんか》ばっかりしているときは雄を別の籠に移してやる、雌が喧嘩でくたびれて雛育てがおろそかになるんだよ……うかうかできねえんだ」

大きなため息を馬琴は漏らした。

「……版元《はんもと》さんがさぞやきもきなさっているでしょうね」

「それを言ってくれるな……病膏肓《やまいこうこう》に入《い》るとはこのことだな……」

疲れたような顔で言った馬琴を見て、吉はできる限り手伝いに通おうと思った。

馬琴の家から菊屋まではすぐだった。

「朝からお吉さんの来るのを、今か今かと待っていたんです。まあ、中に入って」

「あ、あの外の縁台で私は十分で……」

「そんな他人行儀なこと言わんと、さ、入っておくんなさい」

昌平は頭にまいた手拭いをとりながら、吉を店の奥の帳場のような部屋にいそいそと招きいれた。水出しの煎茶がここでも出てきた。

「いつまでも暑くてかないませんな。これで喉《のど》を潤《うるお》して一息入れて……」

透明で、まろやかで柔らかな味わいの冷えたお茶が喉をするすると通っていく。思わず吉は目をつぶった。体にたまった熱と興奮がひいていくようだ。

目をあけると、昌平がそんな自分を微笑みながら見つめていることに気が付いて頬が赤くなった。昌平は色の白い、背の高い男だ。くっきりした二皮目《ふたかわめ》で、顎がしっかりしている。

「あんまりお茶が美味《おい》しくて……」

吉は目を落とし、湯呑をおいた。昌平は満足げにうなずく。それから、大きめの皿を吉の前においた。皿の上に落雁が並んでいた。

「これ？」

「へえ、新作です」

「まあ、なんてかわいらしい」

薄紫のあやめ、鮮やかな緑色の枝豆、青楓、赤い金魚、陽気な向日葵《ひまわり》などが並んでいる。限りなく精巧な池田屋のようなものではなく、特徴を際立たせるために簡略化し、愛らしく仕上げてある。

「この木型をつい先日、神田花房町《かんだはなぶさちょう》の雑貨屋で見つけましてね。中でもこれが気に入りました」

そう言って、昌平は別の小皿を吉に差し出した。そこには貝の形をした落雁が置かれていた。

吉は息を呑《の》んだ。池田屋の貝の落雁とは趣《おもむき》が違っている。けれど、どことなく似ているのだ。

「お吉さん、どないかしはったんですか」

焦ると、昌平は上方《かみがた》の言葉が出るらしい。

吉は軽く首をふった。

他人の空似《そらに》ということが菓子にもある。どちらかが盗み見したわけでもないのに、同じような菓子が、同時期に別々の店で発売されたりする。落雁だってそうだろう。同じような季節の花などを題材にしてどの店も作っている。二枚貝の形の落雁は珍しいが、誰かが思いついたものを、別の誰かが思いついたとしても不思議はない。

「どうぞ、召し上がっておくれやす」

「……ありがとうございます。……頂戴《ちょうだい》いたします」

昌平の落雁は、さらっとした口溶けと奥行きのある上品な甘さがたまらなかった。

枝豆の形のものはほんのり豆の味がした。金魚は小豆あんの後味が残る。向日葵の真ん中には煎《い》った黒ゴマがまぶされている。青楓は抹茶風味だ。そして、貝の落雁を口に入れた瞬間、ふっと薄荷の匂いが鼻をくすぐった。

「……楽しい……一粒一粒味を変えているなんて……それでいて次に別の味のも

のを食べてもまったく邪魔をしない……」

吉は声を弾《はず》ませた。さすがに、上方で十年も修業し、水の中を写し取った『水草の陰』を作り上げた職人が作った落雁だった。茶目っ気と遊び心があふれている。茶事にもいいし、ちょっとしたお土産にも喜ばれるだろう。

「秋には栗や胡桃《くるみ》の味も作ろうと思っているんです」

昌平は口元に柔和な笑みを浮かべて言った。

「まぁ、乙粋《おついき》な。秋の訪れがなおのこと楽しみになりました」

大変なことが続いているだけに、久しぶりの心浮き立つひとときだった。

昌平は、落雁を小袋に入れて、吉に持たせた。

「……たくさんいただいたのに、お土産まで頂戴なんてできません」

「お吉さんに食べてほしいんや。遠慮はなしに、持って帰っておくれやす」

昌平は店の外まで出て、掛け値なしの笑顔で見送ってくれた。

そのときまでは青空が見えていたのに、昌平橋を渡ろうとしたとき、吉の頬に雨粒が当たった。雲がみるみる立ち込め、風が湿り気を帯びはじめる。すぐにもざっと来そうだった。

昼どきということもあり、吉は昌平橋のたもとの蕎麦屋ののれんをくぐった。

その瞬間、雨がひどくなり、あたりは一切の物音をかき消すような雨音に包まれた。

吉のすぐ後に店に駆け込んできて小上がりに座った年配の男が、供の男に小声で何やらささやいた。

「姐《あね》はん、もりそばを二枚、おたのもうします」

供の男が奥に向かって声を上げる。明らかに上方なまりだった。池田屋の主、菊屋の昌平、そしてまた上方言葉と、なんだか近頃は上方づいていると、吉はおかしくなった。

吉は小上がりの前の床几《しょうぎ》に座り、奥から出てきた娘に、かけそばを頼んだ。

やがて娘は上方二人組に、もりそばを運んできた。

「おまちどおさま。一枚十六文、二枚で三十二文いただきます」

次の瞬間、あきれたような娘の声が響いた。

「ちょいと。三十二文の勘定を払うのに、二朱金なんてもん出す人がいるかい？」

二朱金は五百文にあたる。上方からきた男たちは眉をへの字にして固まっている。

「すんまへんな。さっき、小銭をつこうてしもうて、細かい持ち合わせがあらへんねん」

「一朱金もないの？」

「あったら、そっちを出しとるわ」

娘は腕を腰に当て、むっとした顔になった。奥に向かって叫ぶ。

「だんなさん、一朱金一枚と二百十八文のお釣りありますか」

「なんだと？」

とんがった胴間《どうま》声が返ってくる。

「だから、一朱金と二百十八文の釣り！」

「一朱金なんて、ねえに決まってんだろ！　こちとら一杯十六文の商売してんだ。あるのは一文銭だけだ」

たすき掛けをした太鼓腹《たいこばら》の小男が奥からぷりぷりしながら出てきた。

「どこの唐変木《とうへんぼく》が蕎麦代を二朱金で支払おうってんだ。え、おめえさんたちかい」

蕎麦屋の主はぐいと顔を突き出し、二人組をにらんだ。

「唐変木って……落ち着いておくれやす。わてらは昨日江戸に着いたばかりで……いや、どないしまひょか、旦那はん」

供の男が口をへの字にして振り返る。旦那はんと呼ばれた男が腕を組んだ。

「ご主人のおっしゃることももっともや。旦那はん。三十二文の蕎麦に二朱金はあんまりや。……こうしましょ。わてらはまず、この蕎麦を食べる。そのあとに両替屋に行って、お金を崩し、戻ってきてお支払いする。これでどないです？」

「食い逃げする気じゃねえよな」

蕎麦屋の主がじろりとふたりを見る。旦那はんは、手を横に振った。

「わては大坂の炭問屋・坂野屋《さかのや》の主だす。こないな蕎麦屋で食い逃げなんて、ありえへん」

「こないな蕎麦屋で悪かったな」

「いやいや、悪いこと、おまへんで。寅吉《とらきち》どんが両替商に行っている間、わてはここで待ってます。わてが人質《ひとじち》ちゅうことですわ」

なんとかそれで一件落着して、上方二人組は「からいからい」と言いつつ、どぼどぼと汁にそばをつけて食べ終え、寅吉という男が店から出て行った。

「角の酒屋で両替してくれるよ」

娘が寅吉の背中に向かって叫ぶ。

「ご親切に」

旦那はんが娘に頭を下げる。小判、丁銀《ちょうぎん》、および銭貨の両替を行なう両替商は酒屋や質屋などを兼業している店が多い。角の酒屋もその類《たぐい》なのだろう。

娘が奥にひっこむと、旦那はんはふうっと息をはいた。

「大変でしたね。上方からいらしたんですか」

吉は思い切って話しかけてみた。

「へえ。いやいや旅に出るといろんなことがおますなぁ。……向こうでは江戸とちごうて金やなく銀の貨幣をつこうておりますし、長旅で銭を持って歩くのも物騒なので、使う分だけ預けたものを両替商からおろして、ぼちぼちここまでまいりましたんですけど……。今日は夜、料亭に繰り出すさかい、つい一文銭はいらんなぁと思てしもたんですわ」

「料亭？　まあ、じゃ、八百善なんかにいらっしゃるんですか？」

旦那はんの鼻の穴がふくらんだ。

「ようご存知で。娘さん、八百善に行ったことがあるんですか」

「まさか。江戸に住んでいても、あたしなんかは、せいぜい前を通り、『江戸流行料理通』を見て味を思い描くだけですよ。……。さぞや、美味しいものが出てくるんでしょうねぇ」

「いや、どんな料理が出てくるか、楽しみで」

「結構ですねぇ。お昼が蕎麦なら、お腹にたまらないので、夕方になる頃には、ごちそうがいくらでも楽しめますね」

「娘さん、ええことゆうてくれはる。……いやね、きれいどこも頼んでますのや」

旦那はんは、鼻の下を伸ばして、機嫌よくがはがはと笑った。

両替屋が贋金を渡すのはこういう金持ちの旅人なのだろうと、吉は思った。

寅吉が戻ってくるころには雨が上がっており、旦那はんたちはお金をきちっと支払って出て行った。

「やれやれだよ」

蕎麦屋の娘が吉の前の床几に座った。客が一瞬、途切れて、吉だけが残っている。吉が食べ終えたどんぶりを載せたお盆を脇においやり、娘は頬杖をついた。

「二朱金で三十二文って……釣りがあったとしてもと、一朱と二百十八文、数えるんだってひと苦労だよ。十文ずつ積みあげて、二十一山と八文だもん。……それに知ってる?　このごろ、贋金が出回ってるって。……大きな声じゃ言えないけど、あの両替屋にも贋金が持ち込まれたらしいよ」

「……さっき上方の人が両替したとこ？」

娘がまじめな顔でうなずく。

「そう。角の酒屋。窓口の奉公人がうっかり贋金を受け取っちまって、両替屋の旦那はかんかんになって雷を落としたらしいの」

こんな身近なところでも贋金が使われているとしたら、相当な数が、町中に出回っているということになる。

「……そんなもん使ったらお縄でしょ」

「獄門！」

「お上に届け出たの？」

「だから大きな声じゃ言えないって言ったでしょ。贋金を両替屋が扱ったなんてばれたら大変じゃない。泣き寝入りよ、な・き・ね・い・り」

「大損ね」

娘がうなずく。

「それもあって、この辺の店はおっきい銭は受け取り御免なのよ」

「気をつけなくちゃね」

そう言った吉に、娘が鼻にしわを寄せて笑った。頰の辺《あた》りにそばかすがたくさん浮いている。

「あたしらには縁のないお金だけどね」

顔を見合わせて笑ったものの、琴太の長屋から見つかった二分金の贋金のことを思い出し、吉の気持ちが暗くなる。贋金づくりは獄門。贋金を持っているだけで、白洲《しらす》の上に引き出されかねない。

吉は、菊屋の落雁のことも気になっていた。池田屋のものとは違うけれど、二枚貝の木型なんて他で見たことがない。昌平は、神田花房町の雑貨屋で手に入れたと言った。神田花房町はここからすぐだった。

ささいな手掛かりかもしれないが、琴太とのつながりがあるかもしれないと思うと、ほうっておくことはできなかった。

「姉さん、神田花房町の雑貨屋って知ってる？」

「玉屋《たまや》かな……かなり貧乏くさい店だけど」

昌平橋のもうひとつ下にある筋違御門の手前が神田花房町で、玉屋は橋の袂《たもと》にあるのですぐわかると、娘は言った。

玉屋は、娘の言う通り、いかにも安物の古道具を並べた小さな店だった。

「いらっしゃい」

吉が店に足を踏み入れると、五十がらみのおやじが奥から出てきた。

「何かお探しですか」

「ちょいと見せていただけますか……おもしろそうなものがあるかもと思って……」

雷電屋の娘に、いきなり高砂のことを尋ね、ついべらべら本当のことを言ってしまったことを思い出し、吉はあいまいに口を濁《にご》した。

「どうぞどうぞ、ゆっくりご覧になってください。掘り出し物がありますから」

不要になったものをそっくり買い取っているのか。古ぼけた徳利《とっくり》から、色の禿《は》げた独楽《こま》、使い込んだ将棋盤や駒まで売っている。それでもぽつりぽつりと客が入ってきては、当座の間に合わせに、揃いではない茶碗や湯呑をひとつふたつ求めていく。

それは、年代物の人形の後ろに置かれていた。

「……おじさん、……これ、何？」

弾む胸を押さえて、ゆっくりと吉は振り返った。おやじは首を伸ばした。

「……なんだ、んなところにあったのか」

落雁の型だと吉はひと目でわかった。この木型に入れれば、兎の形の落雁が五つ、一度にできあがる。兎の長い耳がふたつ、並んでいて、丸い尻尾《しっぽ》がついている。お尻がふんわり、後ろ脚は今にも跳ね上がりそうな、動きのある落雁ができあがるだろう。

「おもしろいですね、これ」

「そうけ」

「他にも同じようなものがあるんですか？」

「残念だったな、いっぱいあったんだが、全部、売れちまったよ。……そんときは、そいつが見つからなくて。何しろ、店がごった返してるから」

買ったのは、菊屋の昌平に違いない。手元の木型を吉は何気なくひょいとひっくり返す。とたんに胸がどきっとなった。息が止まりそうだった。

そこに辰という文字が小さく彫ってあった。

もしかしたら、行方不明になった辰吉が作った木型ではないだろうか。

長屋の人たちは、辰吉が日がな一日、木型を彫る稽古をしていたと言っていた。そうして作り続けていた木型が辰吉と一緒になくなっている。

「これ、おいくらですか？」

吉はおやじにさりげなく尋ねた。

「五十文」

安いと、吉は思った。木型を菓子屋が頼むとしたら、そんなもんで済むはずはない。だが、五十文なんて金は持ち合わせていない。

「高いのねぇ。じゃ、やめようかな」

吉は木型を元の場所に戻そうとした。だが、この木型をあきらめる気はさらさらない。案《あん》の定《じよう》、おやじの眉がわずかに上がった。

「なんぼなら出せる?」

「なんぼって……五十文なんて……」

吉は残念そうな顔をして、木型から手を離した。

「四十五文ならどうだ?」

「……とてもとても……」

手を顔の前で横に振る。こんな芝居をするのは生まれて初めてだった。心の臓が口から飛び出しそうなほど、びくついている。

吉の巾着の中には三十九文しか入っていないのだ。そのうち三十五文は、吉の銭ではない。光太郎に仕事で使うときのためにともらった金で、使った金の額と使い道を光太郎に逐一報告しなければならない。吉の銭は四文だけである。朝、二十文持ってきたのだが、雨宿りのために蕎麦屋で十六文のかけそばを贅沢《ぜいたく》してしまった。

「四十二文」

おやじは細かく刻んでくる。吉はもう一度、木型を手に取った。

「買値が高かったから、これ以上は負けられねえんだよ。姐さん、四十二文で勘弁してくれ。儲けがなくなっちまう」

「三十五文」

吉は親父の言葉を無視して言う。

「こんなもんを買いたいって人、滅多《めった》にいないんじゃないですか。……店に寝かしておくより、ちょっと安くてもあたしに売ったほうがいいと思うけど……」

おやじは片方の唇の端をあげた。

「……四十文でどうだ」

「三十八文」

ここが勝負だ、すかさず、吉がぴんと張った声で言う。

しばらくしておやじが天井を見上げた。

やじに渡した。

吉は勢いよく言うなり、巾着袋をひっくり返し、一文銭を三十九枚、素早くお

「……買った！」

「……三十九文でどうだ」

おやじは白髪頭をつるりと撫でた。

「端《はな》から、そいつを手に入れるつもりだったんだな」

吉は首をすくめて苦笑した。つられたように親父も笑う。

「姉さん、そいつを何に使うんだい」

「お菓子を作るときに使ってみようかと思って……もしかしたら、この木型を作った人、知り合いかもしれないし」

吉は思い切って言ってみた。木型に彫られた辰の字、それは辰吉の証《あかし》かもしれない。だとしたら、店にこの木型を売りに来たのは、辰吉かもしれなかった。

だが、その瞬間、親父はぎょっと身体をすくめた。顔色が変わっている。

「……出て行け、今、すぐ！」

大声で言い、追い出そうとするように手を振り、店の奥の上がり框《かまち》に崩れるように腰を下ろした。肩で息をし、手が震えている。

「おやじさん、大丈夫ですか？」

「……どうしたの、大声を出して」

裏からおかみさんが走ってきた。おやじはおかみさんに目をやり、吉に目を移す。

「おとなしそうな顔をしやがって、とんでもない女だ。店から出て行け！」

吉は必死で首を振った。

「そんなんじゃないんです。ただ、私……この……辰という字を見て、もしかしたら知り合いかなと思っただけで……」

「……姉さん、あんたの知り合いってのはどんなやつなんだい？」

おかみさんは静かな口調で吉に尋ねた。

吉は、長屋の人から聞いたことを思い出しながら、ゆっくり言葉を紡《つむ》いだ。

二十をいくつか過ぎたばかりで中肉中背。顔はしもぶくれ。右耳の後ろにほくろがふたつある。左足を少し引きずっている……。

おやじが目を瞠《みは》る。おかみさんが首を横に振った。

「……その木枠を売りに来たのは、まったく別人さ。……派手な長半纏を着た、いやな目をした二人組だった。糸のように細い目をしたやせこけた男で、もう一人の男は……」

肌が粟立った。雷電屋の娘に雇われた男たちのようではないか。吉の書いた読物を真似だといって大騒ぎした男たち。雷電屋から匕首《あいくち》を抜いて逃げた二人組の男だ。

「……右頰の下から耳の後ろまで刀傷がある男だった。あいつらはこの木枠を言い値で買わなければと匕首を抜いたんだ……」

あの二人組が、辰吉の木枠にまでからんでいるなんて思ってもみなかった。まるで亡霊に出会ったような気がする。どこまで、つきまとってくるのか。吉はぞっとして立ちすくんだ。

「姉さん、顔が真《ま》っ青《さお》だ」

おかみさんがそういった瞬間、目の前が暗くなって吉はしゃがみこんだ。

玉屋のおやじとおかみさんに抱きかかえられて、吉はなんとか立ち上がり、店を辞すると、近くの番屋に倒れこむように飛びこんだ。

駆け付けた小平治に、吉はこれまでの話をした。一刻（約二時間）あまりして、上田が番屋に駆け込んできた。

「上田様……真二郎さん……」

上田の後ろに真二郎の顔が見えた途端《とたん》、吉の目に涙が盛り上がった。

「……あいつらが琴太と辰吉の件にもかかわっていたとはな……」

上田が言った。

「顔色が悪いぜ。お吉、だいじょうぶか」

そう言って駆け寄ろうとした真二郎の身体がよろけた。真二郎を後ろからぐいっと押しのけ、絹がつかつかと近づいてきたのだ。

「こっちが足を棒にして歩き回って、なんの手掛かりも見つからなかったのに……犬も歩けば棒に当たる⁉ まったくあなたって人は……」

結局、吉はぞろぞろと玉屋に向かう三人を腑抜《ふぬ》けた顔で、見送るしかなかった。番屋に着いたときから、腰が立たなかったのだ。玉屋の夫婦の話を改めて聞きに行く気持ちになどなれなかった。

玉屋の主夫婦は、真二郎が描いた二人組の似顔絵を見て、木型を売りに来たのは間違いなくこの男たちだと言ったという。

「琴太に、いよいよ話を聞くときが来たんじゃねえか。……辰吉の安否も気になる……お吉さん、頼めるか」

上田に言われて、吉はこくりとうなずいた。

吉の後ろに、上田や真二郎、絹、小平治までついてきたのを見て、琴太は怯《おび》えたような顔になった。

「このおにいちゃんとおばちゃんは、松五郎おじさんに御用があってきたの。だから心配ないからね」

おばちゃんというところで、絹が吉をにらむのがわかったが、そんなことは知ったこっちゃない。

真二郎は、絵を見せてくれと言って、琴太を二階に連れて行った。絵描きの真二郎を、琴太は昨日以来、にいちゃんと言って慕《した》っている。

吉は民と台所に立ち、みなのお茶を淹れた。

それから、吉は真二郎と琴太の分のお茶と落雁を持って、二階に上がった。

「まあ、琴太、おにいちゃんに絵を描いてみせてるの？」

琴太は真剣な面持ちで絵筆を動かしていた。その姿を真二郎が見守っている。

こうしてみると、年の離れた兄弟のようにも、寺子屋の若い先生と生徒のようにも見える。

「お茶にしましょうよ。今日はお客さんが多いから、ここで三人で。美味しいお菓子もあるのよ」

にこっと笑いかけた琴太の顔が変わった。

落雁が盛られた皿を凝視している。琴太の目にみるみる涙が盛り上がった。

「これ……これ、辰吉の作った木型だね……辰吉はどこ？　生きてるの？」

琴太は吉にすがりついた。両目からぼろぼろ涙がこぼれ落ちる。

「琴太、いや、勝太。思い出していたのね」

勝太がこくんと小さくうなずく。それから驚いた目で吉を見た。

「姉ちゃん、なんでおいらが勝太だってわかったんだ？」

「あんたの絵を見て、北渓さんの木型用の絵を思い出したの」

「絵を見て？」

「そう。それで、赤坂の池田屋さんから聞いた梅治さんって職人さんの市ヶ谷揚場町の家に行ってきたの」

吉はつつみ隠さず、勝太に話した。勝太の家で二分金を見つけたことも打ち明けた。それが贋金であったことも。

真二郎がしゃくりあげる勝太の背中をゆっくりとさすっている。

「あの二分金をおいらが拾ったから……こんなことになっちまったんだ……」

勝太は途切れ途切れに話し始めた。


その朝、勝太は辰吉と一緒に揚場町の船着場近くの団子屋に行った。そして帰りに前を歩く男が落とした二分金を拾った。

二分金を見たことなどなかった勝太は、「これ、銭じゃねえか」と辰吉に見せたという。

「こりゃ、二分金だ。誰が落としたかわかるか」

辰吉に聞かれて、勝太は先を歩いていた男を指さした。瓦《かわら》と梅があしらわれた紋の入った半纏を着ていた。

「あの、お金」と勝太が呼びかけると、男が振り向いた。その瞬間、二分金を見つめていた辰吉がひょいと首をひねってつぶやいた。

「あれ、この銭……なんか違うような……」

男たちは辰吉と勝太をじっと見て、それからおもむろに金など落としてないと言った。

「え……おいら、見たのに。落としたところ、見たのに。なんで違うって言うんだ……」

ぶつぶつ言う勝太の手を辰吉はぎゅっと握り絞め、人違いでしたと頭を下げて、長屋に戻ったという。拾った二分金を辰吉は、荒神様のところに置き、「この金のことは誰にも言うな」と勝太に言い残し、御用聞きのところに出かけて行った。

そこから急に勝太の口が重くなった。

辰吉が長屋を出て間もなく、男ふたりが長屋に入ってきたという。

「騒いだら殺す。二分金はどこだ」

匕首を抜いて、勝太に迫った。勝太が知らないと言い張ると、部屋の隅に追いやり、男たちは家探しをはじめた。恐ろしさに震《ふる》えていた勝太だったが、辰吉が丹精《たんせい》込めて作り上げた木型が乱暴に棚から払い落とされるのを見た瞬間、男の一人にむしゃぶりついた。

「やめろ！」

男が振り向いた。細い目が血走っている。勝太はいきなり首根っこをつかまれると、床に叩きつけられた。もう一人の男が馬乗りになって、拳《こぶし》をふりあげた。首筋の刀傷が見えた。その後のことは覚えていない。

一連のことを思い出したのは、池田屋の落雁を見たときだったという。

「父ちゃんが作った貝の落雁だった」

吉は勝太を抱きしめた。自分がどこの誰であるか。父親の彫った木型が忘れていた記憶を思い出させてくれた。寝小便を漏らしはじめたのは、その翌朝からだった。

真二郎が描いた雷電屋の男たちの人相書きを見せると、勝太は吉にしがみついた。金を落とし、家に入り込んだのはこのふたりだと、声を震わせながらもきっぱりと言った。

「……辰吉は見つかったの？」

吉が首を横にふる。勝太の顔がゆがむ。吉は勝太の頭をいつくしむように撫でた。

「きっと見つかるから。……勝太はこれまでと同じように待ってようね。大家さんも、お父ちゃんの文が来たら、知らせてくれるって」

吉は勝太の耳元でささやくように言った。勝太は胸に手を当て、小さくうなずく。

泣きつかれたのか、勝太は吉の腕の中で眠ってしまった。座布団の上に寝かせ、手拭いで頰の涙のあとをふいてやり、吉は座敷に向かった。真二郎は一足先に座敷に戻り、一同に琴太改め勝太の話をしていた。

「……瓦と梅があしらわれた紋の半纏を着ていたと……」

「梅川屋って瓦屋があったけな。そいつらは梅川屋の雇人かもしれねぇ……」

上田が顎に手をやってうなる。絹が首をひねった。

「なぜ、その男は辰吉から二分金を受け取らなかったのかしら」

「親方の梅治さんが、辰吉さんは目がいいとほめていたと言います。二分金を見て、なんか違わねえかなんて言われて。やつらは知らんふりするしかなかったんじゃないかしら。……辰吉さんは勝太を殴った男たちにつかまってしまったんでしょうか」

吉は心配そうに言う。

「殺されたとか……」

絹がつぶやく。民がきっとにらんだ。

「この家で、物騒なことを口にするのはやめとくれ」

「……贋金の二分金を荒神様が守っててくださったんだもの。辰吉さんもきっと……」

吉は心の中でそっと手を合わせた。辰吉のことをあれほど案じている勝太の気持ちを思うとたまらなかった。

「ところで、梅川屋という瓦屋だが、作事場《さくじば》は小梅村じゃねえか。その名前に聞き覚えがある……だが、梅川屋は作事場を閉じたんじゃなかったか……いや、おれの記憶違いかもしれねえが」

真二郎が言った。小梅は瓦焼きの一大産地でいくつもの窯《かま》があることも知られている。真二郎は幼いころ、その小梅村で暮らしていた。

上田は明日、梅川屋のことを早速調べるといい、今後の勝太のことについて切り出した。

「やつらの顔を勝太は見ている。贋金とやつらを結び付ける鍵が、勝太なんだ……勝太が生きてここにいるということがばれたら、やつらは……」

「お吉、うちに来ればいい。おまえと琴太、いや勝太……紛《まぎ》らわしいねぇ……とにかく二人が泊まる部屋もある。しっかり戸締りをしておけば間違いないよ」

民が腰を浮かして、胸をとんと叩いた。上田がう～んとうなり声をあげる。民は不満そうに上田を見つめた。

「うちじゃ何か都合が悪いんですか？」

「相手はすぐに匕首を抜く輩《やから》なんです……剣が立つ用心棒がいれば安心なんですが」

視線を感じて、はっと顔をあげたのは真二郎だった。

「おれ？」

人差し指で鼻の頭を指さした真二郎に、上田がうなずく。

「しかし……」

真二郎は吉を見た。その瞬間、民が真二郎ににじり寄り、頭を下げた。

「お願いいたします。夜だけでも用心棒をお願いできれば。この通りでございます」

「どうぞお願いいたします」

松五郎も、吉も両手をついた。

その晩から、吉と勝太、真二郎は松五郎と民の家で過ごすことになった。昼は、小平治が見張りにくるという。

勝太はひとりで心の内に抱えていたことを吉に打ち明けて、ほっとしたのか、揺り動かしても目を覚まさない。くたくたと眠り続けていた。

大人四人で食事を終えると、吉は民に頼んで紙と筆を借りた。

夏のことで、まだ雨戸は開け放たれている。吉は筆を走らせる。

――菊屋の主・昌平の作った落雁は、市ヶ谷揚場町の木型職人・梅治の弟子の辰吉の木型を用いている。ころんとした豆が三粒入った枝豆、お腹が太って尻尾《しっぽ》がもっさりした金魚、花弁がくっきりした向日葵、手のひらを広げたような葉をかたどった青楓、そして二枚貝。

枝豆は豆の味、金魚は小豆あん――

「とぉんと帖か」

真二郎の声がして、吉は振り向いた。懐手をした真二郎が立っていた。

「はい……いいえ。とぉんと帖は家においたまんまになっているんですけど、とりあえず今日食べたもののことは今日のうちに書いておこうと思って」

「ふぅ～ん」

真二郎が吉の隣で胡坐《あぐら》を組んだ。懐手をはずして、書き物を覗《のぞ》き込む。吉の肩と真二郎の肩が触れ合いそうだ。真二郎がふっと笑った。

「な、なにか……おかしいですか。変ですか」

吉の顔に血が上った。

「おかしくなんかないさ。……おめえはほんとに菓子が好きなんだなぁ。……いろいろあった、こんな一日の終わりに菓子のことを書くなんてさ……」

「……こんな日も……ほんとにそうですね、でもこんな日だからかも……」

忙しいとき、悲しいとき……筆を持ったまま、まぶたが下がってきそうに疲れ果てているときでも目をこじあけて、吉はとぉんと帖に、その日に食べた菓子のことを書いてきた。

とぉんと帖に書きながら、もう一度その菓子の味を思い出すと、悲しみや寂しさを忘れ、体と心の疲れが和《やわ》らぐような気がするのだ。

「書き上げたら……雨戸を閉めるか。ま、ゆっくりでいいぜ」

真二郎はそう言うと、縁側に出て、横になった。月を見上げるように、頬杖をついて背中を向けている。松五郎から借りた浴衣《ゆかた》がつんつるてんで、長い脛《すね》が見えていた。

松五郎と民は普段は一階の座敷の奥の四畳半で休んでいるが、二階のほうが用心がいいうえ、夏のことで窓も開けられるので、すでに上で休んでいる。勝太はその隣の部屋で寝ていた。吉もそこで休む。そして真二郎はこの奥の四畳半を使うことになっていた。

「きれいな月だな」

「ほんとに」

月を見上げる真二郎のうなじが伸びている。

風もなく、犬の遠吠えも聞こえず、あたりはしんと静まり返っている。

――向日葵は胡麻、青楓は抹茶、貝は薄荷《はっか》。一粒一粒味が違うのが楽しい。味が違っても、どれも淡淡とした風味で、口溶けの良さと上品な甘さがたまらない。さすがに、「水草の陰」を作る昌平さんの落雁だ――

筆をおいて顔をあげると、頰杖をついたまま真二郎は顔をこちらに傾け、微笑んでいた。

真二郎が立ち上がり、両手をあげて、う～んと伸びをした。

「……今日は疲れただろ。……さ、雨戸を閉めるか」

「……はい」

吉も手伝おうと立ち上がり縁側に向かう。

その一瞬、ふたりは並んで月を眺めた。青いさえざえとした月だった。

その五　わすれ落雁《らくがん》

朝、御用聞きの小平治がやってきた。真二郎に代わり、日中は小平治が勝太を見守る。

「真二郎さんに同行していただけねえかと上田さんが。半刻後に昌平橋の船着場から、市ヶ谷揚場町に行き、梅川屋を探るとのことで……」

「あいわかった」

「では小平治さん、おかみさん、旦那《だんな》さん、どうぞよろしくお願いいたします」

吉はお辞儀《じぎ》をし、真二郎と連れだって家を出た。

万町で、市ヶ谷揚場町に行く真二郎と別れ、吉は風香堂に入った。

二階に光太郎はまだ来ていない。絹はどれだけ言われても上田に引っついて市ヶ谷揚場町に向かうだろう。

昨日からの件を光太郎に話すつもりだったが、あてがはずれた吉は、馬琴の家に顔を出すことにして、風香堂を後にした。馬琴に勝太と偽《にせ》の二分金のことも話したかった。


大通りに出ると、向こうから光太郎が歩いて来るのが見えた。

「旦那さん。おはようございます」

「お吉か。どこに行くんだ？」

「馬琴先生のお宅に伺《うかが》おうかと」

光太郎は顎《あご》に手をやって、じりじりと照りつけるお天道様《てんとさま》を見上げた。

馬琴は、気に入らない人間をすぐに出入り禁止にすることでも知られている。

光太郎の知り合いの版元《はんもと》は、話の途中で、家から追い出され、塩をまかれたらしい。そんなわけで光太郎は、馬琴のことは吉にまかせっぱなしだった。

「おれも、挨拶《あいさつ》に行くか……」

決心した顔で光太郎が言った。

「金糸雀《カナリア》の世話で半刻（約一時間）くらいは落ち着かないと思いますが……。なにせ、今、次々に雛《ひな》がかえっていて……」

光太郎は角の茶店を指さした。

「んじゃ、おれぁ、半刻遅れで行く」

「ひとつお願いしていいですか。おいしいお菓子をお土産《みやげ》にお持ちいただけませんか。馬琴先生、実は甘いものに目がないんです」

わかったと光太郎は手を上げ、茶店に入っていく。

「いらっしゃいまし……まあ、風香堂の旦那さん。どうぞどうぞ」

光太郎を出迎える若い女の溌剌《はつらつ》とした声が聞こえた。


馬琴は吉が想像した通り、今日も大騒ぎで金糸雀の世話をしていた。

「また八羽も、生まれてな……」

「それはそれはおめでとうございます」

「……目でたさも中くらいなり……って、自分の首がどんどん締まっていくような心持ちだぜ、ったく」

餌《えさ》やり、水替え、糞の掃除がようやく終わったとき、光太郎の声が玄関で聞こえた。

「ごめんください」

「は〜い。ちょっとお待ちくださいまし」

どどどっと、女中が奥から駆けてきた。吉と馬琴は顔を見合わせた。

「いたんだな。……呼んでも返事もしやがらねえってのに……」

「驚きました。人って、ここまで気配を消せるもんなんですね……」

「何を感心してんだよ、おめえってやつは」

しみじみ言った吉を見て、馬琴が眉《まゆ》をひそめた。

「旦那さん、風香堂の光太郎さんがお見えです。お通ししてよろしいでしょうか」

「ああ、通してくれ。……それからおめえのお茶はいらねえよ。お吉が淹《い》れるから」

「へぇ。助かります」

女中は即座に答える。馬琴に鍛《きた》えられ、女中たちは日ごとにしたたかさを身に着けている。

部屋に入ってきた光太郎は驚いた顔で金糸雀の籠《かご》を見まわした。すぐに気を取り直し、しゃちほこばって挨拶をする。

「うちのお吉がいつもお世話になりまして……」

「おれぁ、世話なんかしてねえよ。お吉が金糸雀の世話を手伝ってんだ」

吉が湯呑《ゆのみ》を二人の前においた。

「はあ。先生の大事な金糸雀の世話をさせていただいて吉も幸せでございます。……これはほんの気持ちでございます」

光太郎がふたつ包みをさしだす。

「おっ、菊屋の包みに、とんぼの団子か、気が利《き》いてるじゃねえか」

馬琴が相好《そうごう》を崩した。

「菊屋の『水草の陰』は、湯島のおよしの好物だ……あれはいい女だな」

「ええ。尻の青い若い女にはない色っぽさがありますな」

光太郎が身を乗り出してうなずく。吉が塗りの皿に黒文字《くろもじ》を添えて、『水草の陰』を出すと、ふたりはすぐに手に取った。せっかちなところはふたり、そっくりだった。

「その女の好物だと思うと、よけいにうめえや」

「それこそが、吉の読物の狙《ねら》いでして……」

馬琴と光太郎は顔を見合わせてぐふぐふとほくそえむ。まるで鼻の下を長くした助平《すけべ》じじい二人組のようだ。簡単なもので、それでふたりは意気投合したようだった。

「で、贋金《にせがね》の一件、何か進展はあったのか」

馬琴はいきなり、吉に向き直った。

「実は大変なことになっていまして……」

吉は膝《ひざ》を進め、昨日、菊屋の落雁を食べに行ったところからすべて語った。

「……鍵は梅川屋か……」

「そのようですな」

馬琴と光太郎が顔を見合わせる。

話が一段落したところで、吉は茶を淹れなおし、とんぼの包みを開いた。

「まあ……」

吉の口から、甘いため息が漏れ出た。砂糖醤油団子と、緑のぬたをたっぷりとまとった団子が並んでいる。

「旦那さん、これって……」

「おめえの名前を出したら、ぜひこっちも買っていけと言ってきかねえんだ。あのばあさん」

とんぼのまん丸い顔をしたおばさんを思い出して、吉はくすっと笑った。

「これ、枝豆ですね」

「ああ、枝豆をつぶして砂糖を混ぜてぬたにしたんだとよ……いい枝豆が手に入ったときにだけ作るんだと、あのばあさん、いばってたぜ」

吉は砂糖醤油と枝豆のぬたの団子を一本ずつ取り分け、二人の前においた。吉はまず枝豆の団子を頬ばった。枝豆の匂いがふわっと鼻に抜けて行く。粗めの餡《あん》なので、かむほどに枝豆本来の風味も感じられる。畑の真ん中に立っているようなさっぱりと爽やかな味わいだ。砂糖醤油の団子は甘くしょっぱく、ほっとするような手堅いうまさだった。

わかったことはまた報告すると約束し、光太郎と吉は馬琴の家を後にした。

「琴太の頭の怪我《けが》も、あいつらのせいか……く～～～～～っ。……雷電屋で二人組を逃がしさえしなかったら……。あの娘のいやがらせに絡《から》んだ三下奴《さんしたやっこ》だと甘く見ちまった。……くしょう、おれとしたことが。どじを踏んじまった……」

風香堂への道を歩みながら、光太郎は悔しそうに繰り返した。

風香堂に戻ると、清一郎が階段を上がってきた。

「お吉、いるか」

「はい」

「さっき、市ヶ谷揚場町の長屋の大家から使いがきたぞ」

吉はあっという顔になり、清一郎に駆け寄る。光太郎が顔を上げた。

「……ありがとうございます」

吉は清一郎から受け取った文の封を切り、目を走らせる。

「勝太のおとっつぁんから文が届いたって……受け取りに行ってもよろしいでしょうか」

「ああ、行ってこい」

光太郎が言った。清一郎の目が丸くなった。

「勝太？」

「はい。勝太は、琴太の本当の名前で……」

「おう、記憶が戻ったのか？　そりゃよかったな。親とも連絡がついたなら安心だ」

のんびりといった清一郎に光太郎が皮肉な口調で言い返す。

「よかったことはよかったがな。それじゃ済まねえんだよ」

「頭の怪我のことか……誰がやったかわかったのか」

「わかったっちゃ、わかったがな」

「なんだよ、奥歯にものが挟まったようなしゃべり方しやがって。琴太、いや勝太はどこの誰だったんだ？　なんで舟で流れてきたんだ？」

矢継《やつ》ぎ早《ばや》に尋ねる清一郎を光太郎はじろりとにらむ。

「……教えらんねぇな」

「なんだとぉ？……お吉、おめえ知ってんだろ」

清一郎が階段を下りようとしていた吉の肩に手をやる。

「まだわからないことが多くて……」

「やだねぇ。風香堂の主はおれだっていうのに。隠居とぐるになりやがって」

清一郎は口の端をゆがめる。

「ぼんくらにはかまうな。お吉、さっさと行け。舟を使っていいぞ」

光太郎が叫ぶ。吉は清一郎に軽く頭を下げた。

「申し訳ありません……行ってまいります」

親子が例によって「隠居の耄碌《もうろく》じじい」「唐変木《とうへんぼく》のばか息子」と悪口を互いに浴びせかける声を聞きながら、吉は階段を走り下り、外に出た。知らない人が聞いたら何ごとかと思うだろうが、ふたりにとってこれは親子の気晴らしのようなものだ。どちらも断固として否定するだろうが、正真正銘似たもの親子である。

揚場町の船着場には商いのための舟が多く係留されており、猪牙舟《ちょきぶね》のような一般客向けのものは端を使うようになっている。吉は、舟から降りると、船着場の三段の石段を上った。

上方《かみがた》はもちろん北や南から江戸に入る大きな船の荷の多くは、沖で小舟に積み替えて、江戸市中に運び込む。ここで荷下ろしをしているものの中にも、大川から神田川に抜けてきたものが少なくない。

瓦に梅の紋印の旗をひるがえした舟を見つけて、吉ははっと身を固くした。贋《にせ》金《がね》を懐《ふところ》に忍ばせ、勝太を殴り、吉に嫌がらせを繰り返した男たちがそこにいるかもしれないと、ぞっと身体が冷えていく。男たちは吉の顔を知っている。

頭に手拭《ふぬぐ》いをかぶり、日差しを避けるようなふりをして顔を隠し、吉は勝太の長屋に急いだ。大家から受け取った文を懐深くに入れ、礼を言って、来た道を引き返す。

そのとき、船着場の向こうから上田と真二郎、絹が歩いて来るのが見えた。

吉は走り寄った。

「梅治さんからの文が届きまして……」

「目を通したのか」

真二郎に吉が首を横に振る。

「このまま、勝太に持っていこうと思います……それでそちらは……」

梅川屋のことが少しわかったと上田は言った。早朝、小梅村にやった配下の者が先ほど報告にきたという。

「真さんが言う通り梅川屋は、十七年前に一度、小梅村の作事場をたたんだそうだ。秋の大風で、作事場《さくじば》が崩壊し、積んでいた完成品の瓦がほぼすべて割れてしまって、そのときの借金で店を閉じるしかなかったんだというんだ。ところがつい最近、小梅村の作事場に手が入れられ、にわかに人の出入りが始まり、活気づいていているらしい。荷舟もこの揚場に出入りしてる」

それだけ聞くと、何も不審なことはないように思える。江戸は火事の多い町だ。八代将軍吉宗《よしむね》が、火の粉が屋根の上に落ちても、すぐに燃え広がらず、火の回りを抑えられる瓦を奨励《しょうれい》したこともあり、今戸《いまど》、本所中之郷《ほんじょなかのごう》、小梅村などが江戸の瓦焼きの一大産地となっている。

その日、辰吉が御用聞きを訪ねた形跡もないと上田は言った。

「……勝太が乗っていた舟のことはわかりましたか」

真二郎がうなずく。

「そのことでちょっとした騒ぎになったらしい」

吉が猪牙舟を降りた場所に、もやい綱でつながれていた舟が、船頭が昼飯を食っているわずかな間に消えたという。

「その船頭も町から突然いなくなったというんだ。舟がなければ、仕事ができねえから、船着場にもこなくなったというもっぱらの噂だが……何か引っかからねえか」

真二郎たちは、これから船頭の家に行くという。船頭はひとり暮らしで、この先の裏長屋に住んでいた。

吉は真二郎たちに合流し、路地の裏のどん詰まりにある裏長屋を訪ねた。日当たりがよくない長屋で、なんとなくじめじめしていたが、井戸端からは女たちの笑い声が聞こえた。青菜を洗ったり、洗濯ものを干場に広げたりしている。

「船頭の新八《しんぱち》さんのことかい？　奥から三番目の家だが、いないよ」

舟がなくなった日、がっくりと肩を落として家に戻ってきた新八の姿を女たちは見ていた。

「これからおまんまをどうやって食べていくのかって……そりゃあ気の毒だった

……」

「まさか目の前で舟が流れていくなんて……他の猪牙舟が一艘《そう》でもあったら、おっかけて行けたのに……間《ま》の悪いこった」

翌朝、新八はどこかに出かけて行き、以来、帰ってこない。

「嫌気がさして、他の土地に行ったんじゃないかって言う人もいるけど……」

「まじめ一本だったのにねえ」

「おかみさんが亡くなって二年、身持ちも固くて、遊びもせず、うちの亭主とは大違いだったんだけど」

上田が新八の長屋を見ていいかと尋ねると、女たちは自分の家のように、どうぞどうぞと言って、戸を開けた。

中には、たたんだ布団と、鍋や釜が残っている。

「朝飯に食べた味噌《みそ》汁が鍋に入ったままでね」

女たちが洗って片付けておいたという。つまり、出かけるとき、新八はすぐに長屋に帰ってくるつもりだったということになる。

「番屋には届けたんですか」

「まあ、話すことは話したけど……子どもじゃあるまいし、大の大人が姿を消して七日じゃ、動きようがないと言われたよ」

「新八さん、帰ってくるかね」

「まさか野垂《のた》れ死にしているんじゃ」

「縁起でもないこと言わないでおくれよ！」

女たちに礼を言い、長屋を後にする。上田が振り返る。

「小梅村に行くしかないな」

「まいりましょう」

絹がすっと背筋を伸ばし、前に歩み出た。


神田川から大川に出て、東西に流れる北十間川《きたじっけんがわ》に入る。この川は材木を運ぶために開かれた掘割で、幅が十間（約十八メートル）ということからそのまま名前になった。水戸藩の下屋敷を左に見て舟は進んで行く。右には作事場が見え、何本かの煙がたなびいていた。

「瓦焼き場だ」

真二郎が吉に言った。

「じゃ、ここが小梅村？」

「いや、こっちは本所中之郷《ほんじょなかのごう》。小梅村はこの先だ」

少し進むと左側にも瓦焼きの煙が見えてきた。小梅村の作事場である。

船頭が舟を岸に寄せると、真二郎は舟が着く前に、岸に飛んだ。目を細めて、あたりを見渡す。作事場の向こうにのどかな田園風景が広がっていた。梅林があり、そのさきには田畑が広がり、青々とした稲が風に揺れている。ぽつんぽつんと人家や寺が見える。

しばらく行くと、集落があった。上田は蕎麦《そば》屋ののれんをくぐり、奥に向かって声をかけた。すぐに、男が出てきた。真二郎より頭ひとつ小さいが、精悍《せいかん》な顔立ちをしている。

「あれ……真ちゃん？」

男は上田に挨拶をした後、真二郎の顔を見て、目を見開いた。

「……正之助《せいのすけ》か……」

真二郎は進み出た。その顔に少年のような笑顔が広がる。

「元気そうだな」

「立派なお侍《さむらい》さんになって……」

「いや、今は読売《よみうり》の絵を描いてんだ……」

「絵？　侍じゃねえのか？」

「……おれは冷や飯食いの次男だから好きなことがやれんだよ」

「そりゃ、よかった……のか？」

「ああ。十年ぶりか……」

正之助は真二郎が小梅村にいたころの幼なじみだった。子どものころから喧嘩《けんか》っ早く、柔術がうまかったそうで、がっちりと鍛え上げられた締まった体をしている。

今は、父親のあとを継ぎ、蕎麦屋の傍《かたわ》ら、お上の御用をつとめているという。

真二郎が小梅村を訪ねるのは、真二郎たち親子を引き取ってくれた祖父が亡くなり、葬儀のために戻った十年前以来だった。母の実家はそれで途絶え、真二郎が小梅村に帰る理由がなくなった。

正之助は顔を引き締め、上田にもう一度頭を下げた。

「今朝は咄嗟《とっさ》のことで……あのあと、ちょいと気になりやして、梅川屋のことを少し調べてみました」

梅川屋という以前の名前を使っているが、実際はどこぞの金持ちが朽《く》ち果てた旧梅川屋の作事場を安値で買い叩き、瓦焼きを始めたものだという。

「瓦の作り方、真ちゃんは知ってんだろ」

真二郎がうなずく。

「土を足で踏み、手で練りあげる。こいつがまず厄介な仕事だよな」

ふたりはひとしきり、瓦の作り方について話した。簡単そうに見えるがなかなかどうして瓦造りは煩雑《はんざつ》で、手間も暇も技も必要なのだ。

「ど素人《しろうと》じゃ、売り物の瓦なんてできっこねえ。……でも、この辺の瓦焼きで、梅川屋に移った職人はひとりも見つからねぇんだ……」

「そりゃ、そうだろ。他の土地から職人を引き抜いたんじゃねえのか」

職人は幼いころから親方について修業をする。親方と弟子のつながりは深く、多少の金を積まれても、おいそれと他の作事場に移ることなどはしない。ましてや目と鼻の先にある作事場に替わるにはよほどの覚悟がいる。

「と思うだろ。おれもそう思った。けどなぁ……職人は仕事が終わったら何をする？」

「家へ帰る……前に酒を飲むか？　……って、ここでか⁉」

真二郎は蕎麦屋の店内を見回した。奥に四畳半の板の間があり、手前の土間には長床几が並べられている。海苔《のり》や佃煮《つくだに》、卵焼きなどで一杯やり、締めに蕎麦を手繰《たぐ》るというのが蕎麦屋での飲み方だ。

　小梅村には、江戸市中からお大尽《だいじん》がくりだす高級料理屋はあるが、村人の数が少ないので、気軽に入れる一杯飲み屋はあまりない。正之助の店は、数少ない職人たちの気晴らしの場所でもあった。

「うっかりしていたが、ここに梅川屋の職人が来たことはねえんだ」

「ひとりもか？」

「誰一人……たったの一度も」

　梅川屋の作事場の近くに行き、正之助は近所の者に尋ねてみたという。

「梅川の職人を見かけたことがねえと言うんだよ」

　瓦屋職人は、ひと目でそれとわかる股引《ももひき》、腹掛《はらが》け、半纏《はんてん》を着ている。土のしみ込んだ手をし、顔に煤《すす》をつけていることもある。そうした職人の姿がないという。

「だが、それなりに窯から煙は上がっているし、荷車も出入りしている……」

「間尺《まじゃく》に合わねえ話だな……」

　みな黙り込んだ。

「職人たちのことですが……」

突然、しゃしゃり出てきた絹を見て、正之助がはっと目を見張った。真二郎にそっと小指をさしだす。

「……すげえ、美形だな。……おめえのレコじゃねえだろうか」

「まさか！」

真二郎がぎょっとしたように首をふる。絹は上田を見た。

「作事場の職人が閉じ込められているとは考えられませんか」

とにかく現場を見てみようと、正之助の案内で梅川屋の作事場に向かった。運搬のことを考えてか、瓦の作事場の多くは、北十間川かそれに続く曳舟川沿《ひきふねがわ》いに並んでいる。梅川屋の作事場も曳舟川沿いにあったが、他の作事場とは離れていて、近くに民家も少ない。

かなり広い作事場で、雑木林の中にある上、まわりは分厚い土塀で囲まれている。敷地の一角から煙がひとすじ上がっていた。

門は固く閉められていて、中を窺《うかが》うことはできなかった。吉は耳を澄ませた。風が木々の枝を揺らす音の中に、人の気配が混じっている。槌音《つちおと》も聞こえた。

「雷電屋の娘の二人組が梅川の半纏を着ていたんです。お上の聞き込みだといって、中に入ることはできませんか」

吉が言った。上田は首をふる。

「そんなものは知らねえと突っぱねられて終わりだな」

近くの畑で草取りをしていた男がふいに顔を上げて、正之助に声をかけた。

「ご苦労さんですなぁ。この暑いのに、今朝から二回目ですかい」

男が手拭いで首筋の汗を拭きながら、立ち上がった。朝、正之助が話を聞いた人のひとりらしい。男が赤銅《しゃくどう》色に焼けた顔をほころばせると、顔は深いしわだらけになった。

「……正之助さん。……なんかあったんですかい、梅川屋で」

男はさぐるように上田を見て、眉を寄せた。このあたりに同心が来るのは何かあったときだけだ。

「いや、ちょいと気になることがあってな……」

あいまいに口を濁した正之助に、男は顔を寄せ、低い声で言った。

「……まさか、幽霊話が耳に入ったとか？」

「幽霊……？」

「人が悪いな、正之助さんは知らんふりなんかして」

梅川屋の作事場に幽霊が出るという話が、村でじわじわと広がっていると男は

という。言った。夜な夜な、女のすすり泣くような声が聞こえ、鉦《かね》の鳴る音がしたりする

「先代のおかみさんの幽霊じゃねえかって……おかみさんは家付き娘だったから」

生前、作事場を閉じるのを嫌がって、毎晩、亭主とすったもんだしていたという。そのうち亭主は愛想《あいそ》をつかして、妾《めかけ》の家から帰ってこなくなった。

「以来、おかみさんは気が触《ふ》れたようになって……仏間にこもりっきりになったんでさぁ」

朝から夜中までチンチンチンチンチン、鉦を鳴らす音が近所中に響き渡っていたと、男は顔をしかめる。

「そして作事場を閉じる数日前にぽっくりいっちまった。年増《としま》で、性格はきつかったけど顔だけはきれいな人でねぇ。姐さんのようなうりざね顔だった」

絹を見て男は言う。おかしくなって、ふっと笑った吉を、絹がにらんだ。

「そのおかみさんが死んだのはずっと前のことだろ。とっくに成仏《じょうぶつ》してんじゃねえのか」

真二郎が口をはさんだ。男は思わせぶりに首を横に振る。

「だんな。考えてもみてくださいよ。自分の作事場に、見知らぬやつらが入ってきて、また瓦を焼きだしたんですぜ。あの気丈《きじょう》なおかみさんなら、蓮《はす》の花だって踏《ふ》んづけて化けて出てきますよ。……通りすがりといっても、こんなところだから多くねえけど……夜、火の玉が飛ぶのを見たという者までいるんでさぁ」

吉と真二郎は顔を見合わせた。

梅川屋の半纏を着て、二分金を落とした男のことを考えると、この作事場で贋金づくりが行なわれているという疑いは深まるばかりだ。鉦が鳴る音というのは、贋金を作るときに金づちが出す音かもしれない。

「幽霊騒ぎじゃ、なんともしようがねえなぁ」

上田は盆のくぼに手をやり、ため息をつく。

吉ははっと顔を上げた。

「この幽霊話を、読売で取り上げたらどうでしょうか。みんな、怖いものが好きだし、夏だし。小梅村の幽霊なんてぞっとしませんか」

真二郎がぽんと手を打つ。

「そしたら、この作事場に注目が集まる。贋金づくりをしているやつらは平静ではいられねえ。……万が一の時には世上に不安をもたらしているという理由で踏み込むこともできるか……」

「わかりました。その読物、おまかせください」

絹が引き取り、言いきったとき、ぎっと音がして、作事場の門があいた。吉たちはあわてて、雑木林の木の陰に身をひそめる。

荷車が出てきた。荷車を引いているのは、雷電屋の男ふたりだった。台に乗せられているのは瓦ではなかった。筵《むしろ》をかけているので、中は窺い知れないが、小さな箱のようなものがいくつか並んでいる。

「あとを追う。真さんもいいか」

上田が真二郎を促した。

「お吉、お絹、先に風香堂に帰っていてくれ」

「読物はおまかせください。真二郎さん！　何があっても風香堂に戻り、今日中に、幽霊の絵を仕上げていただきます！　よろしいですね」

絹は真二郎の背中に向かってきっちり言った。

「幽霊話か。しかも、その幽霊作事場が贋金づくりの居城なんてことになれば、町がこの話題で盛り上がること請け合いだ」

光太郎は、絹の話を聞いてご機嫌になった。幽霊話を読物にしようと思いついたのは吉であることなど、絹はおくびにも出さないが、吉はむしろほっとしていた。では幽霊話をおまえが書けなどと言われたら、たまらない。

贋金事件の探索のために、光太郎は通常の聞き取りをしなくてもいいと言ったものの、読売が出なければ商売にはならない。その分まで含めて幽霊の読物でがっぽり儲《もう》けてやろうという算段なのだろう。

贋金の一味がつかまれば、辰吉の居所がわかるだろうか。辰吉の無事を祈るしかないのが吉はもどかしかった。

真二郎はなかなか戻ってこなかった。

「お吉、先に帰っていいぞ。文を早く、勝太に届けてやれ」

光太郎に促され、吉は風香堂を辞した。筆を走らせている絹は顔も上げなかった。

松五郎宅に行く前に、着替えなどを取りに長屋に戻ると、咲とタケがそれぞれ七輪《しちりん》で夕餉《ゆうげ》の魚を焼いていていた。

「あ〜、帰ってきた。心配していたんだよ。昨日、帰ってこなかったから」

咲がほっとした表情で立ち上がる。タケは団扇《うちわ》を盛大にあおぎながら横目で吉を見た。

「どこで何をしていたのやら……」

のどかな夏の宵だ。長屋の女たちは、子どもや亭主のために飯を作っている。贋金づくりだの、物騒なことに首を突っ込んでいるのは自分だけだ。そんなこと、自分にはかかわりのないことだと言って、読売の書き手をやめてしまえば、それで済むのに、気が付くと夢中になって、江戸の町を走り回っている。もしかしたら、自分はよくよく物好きで、物見高いのかもしれないと、吉は苦笑した。

「何がおかしいんだい」

タケが目をとがらせる。

「いいえ、そうなんじゃなくて」

吉はふたりに向き直った。

「昨日はおかみさんたちに引き止められてしまって……今日も向こうに呼ばれます。……心配かけてごめんなさい」

「そんなことだろうとは思ってたけど、お吉の口から聞いて安心したよ」

頭を下げた吉に咲はにっこり笑った。遠くの親類より近くの他人というが、咲は吉にとってまさにそうした存在だった。

勝太は、小平治と遊んだり、絵を描いたりして過ごしていたという。思い出したことを隠さなくてよくなったからか、子どもらしい表情も取り戻した。それでもときおり、考え込んだりしていたと民はため息をついた。

「いなくなった辰吉のことを思っているんじゃないかねえ。不憫《ふびん》でならないよ」

梅治から届いた文には、尾張名古屋の両口屋是清《りょうぐちやこれきよ》という菓子処の木型を作っている職人のところに身を寄せたとあった。

両口屋是清は、寛永《かんえい》十一年（一六三四）、三代将軍徳川家光《いえみつ》の時代に創業した老舗《しにせ》菓子処だ。尾張藩御用をつとめ、尾張藩主より直筆の「御菓子所　両口屋是清」の表看板を掲げている全国に名の知られた菓子処だった。

「勝太のとうちゃんはえれぇなぁ。両口屋是清の御用をするところで腕を磨くなんざ、なかなかできることじゃねえ」

松五郎が膝の上に勝太を乗せて言った。勝太は口を一文字に引き結び、黙ったままだ。

「帰ってきてもらうように、頼んでみようかねぇ」

民が言った。勝太はうつむき、蚊の鳴くような声でつぶやいた。

「……辰吉がいなくなったとわかったら、父ちゃんは泣く……」

「……そうだよな。辰吉はとうちゃんのかわいい弟子なんだから」

ぐすっと松五郎が鼻をすすりあげる。吉は膝を進めると、勝太の手をとった。

「辰吉さんを同心の上田さんや絵師の真二郎さんが一生懸命探しているから、信じて、もうちょっと待っててようね」

勝太は吉の首に手をまわした。うえっうえっと泣き出した勝太の背中を、吉は何度も優しくさすった。


真二郎が戻ってきたのは、戌《いぬ》の刻（午後八時頃）を過ぎていた。

「それじゃ、また明日まいりやす」

入れ替わりに小平治が帰っていく。すでに勝太は眠っていた。

民の用意した夕食を食べながら、真二郎は荷車について話し始めた。

荷車は水戸殿の前を通り、源森橋《げんもりばし》と吾妻橋《あずまばし》を渡って、浅草に入ったという。荷車が止まったのは浅草寺《せんそうじ》近くのある寺の寺務所の前だった。

「お寺に？」

二人組は荷車から千両箱くらいの大きさの木箱を三つおろし、寺の中に入った。すぐに手ぶらで戻ってきた二人は空《から》になった荷車を押して、もと来た道を戻っていった。

あの木箱はどこに行ったのか。中身はなんだったのか。それを確かめるために、上田と真二郎は、辛抱《しんぼう》強く、待ち続けた。

しばらくして駕籠《かご》が到着し、寺の中から恰幅《かっぷく》のいい大店《おおだな》の主風の男が出てきた。連れは五人。みな背中に大きな風呂敷包みを背負っている。さらに刀を腰に下げている侍がふたり、あとから出てきた。

恰幅のいい男が乗った駕籠のあとに包みを背負った五人の男が続き、その前後を囲むように、侍が歩いていく。

あとを尾《つ》けて行こうとした上田に、真二郎はすぐに追いかけると目くばせをして、境内《けいだい》を竹ぼうきで掃除していた寺男に近づいた。寺男は、あの一行は両替屋で、寺の賽銭《さいせん》を預かってもらっていると言った。

「お賽銭を……両替屋さんが取りに来ていたんですか」

吉は真二郎の湯呑に麦湯をつぎ足した。

「両替屋は月に一度、寺にやってきて、僧侶と一緒に賽銭を数え、金額を確認して持って行くんだそうだ。賽銭は一文銭がじゃらじゃらだ。両替するだけでなく、預かってもらうんだろう。以前は、店の者が来ていたが、ここ三度ほど、両替屋の主自《みずか》ら、来るようになったらしい」

「そんなことまで寺男さん、教えてくれたんですか。不用心じゃないかしら」

「どの寺だってやっていることなんじゃねぇのか」

「……で、あの二人組が運んだ木箱は？」

「その寺男が言うには、別の寺のお賽銭だろうと。この間も届いたらしい」

「梅川屋の作事場から出て行った木箱が、その両替屋に渡ったんですね」

吉はごくりと唾《つば》をのみこんだ。真二郎がうなずいた。木箱を受け取ったのは、両国広小路近くの米沢町《よねざわちょう》にある、えびすやという両替屋だった。

真二郎は上田を追いかけ、寺男から聞いたことを伝えると、真二郎は風香堂に取って返し、幽霊の絵を仕上げたという。

幽霊話の読売は、早刷りを頼み、明日の昼には両国広小路はもちろん、市ヶ谷揚場町、小梅村に近い浅草、吾妻橋近辺でも盛大に売るという。

絹が幽霊話をどんなふうにまとめたのだろう。ちょっと気になる自分が吉は不思議だった。

洗いものなどを終え、座敷に戻ると、真二郎は縁側に横になったまま、目をつぶって眠っていた。すうすうと規則正しい息が聞こえる。

「真二郎さん、そんなところで休むと風邪をひきますよ」

吉はそばによって真二郎の肩をゆすった。寝ぼけ眼《まなこ》で真二郎が立ち上がる。

「終わったか。……雨戸を閉めるぞ」

吉を真二郎がこうして待っていてくれたと思うと、なんだか無性《むしょう》にうれしかった。


翌朝、小平治は上田と一緒にやってきた。小平治に勝太を預け、上田と真二郎と吉は家を出た。上田と真二郎はこれから米沢町のえびすやを調べるという。吉はふたりと本町《ほんちょう》二丁目の角で別れると、馬琴の家に向かった。

一刻あまり吉は金糸雀の世話を手伝い、贋金づくりの探索について話した。

「やはり、両替屋がからんでいたか。だが、証拠が必要だな……」

低い声で馬琴は言った。

「あの……ご相談があるんですけど」

そう切り出した吉をじろりと馬琴がにらむ。

「勝太の父親にどう返事を書けばいいかわからなくて……」

懐から梅治の文を取り出した。文に目を走らせた馬琴は眉を上げた。

「なんでおめえが返事を書くんだ？　おめえが書く筋合いはねえぞ。梅治はおめえのことなんか知らねえだろうが。こういうもんは、梅治の長屋の大家に書いてもらえ。辰吉が行方知れずになったが、勝太は今、吉という女のところに引き取られて元気で暮らしているってことだけでいい。……ってこたぁ、お吉、今日もこれから市ヶ谷揚場町か。いやはや毎日あっちこっち、ご苦労なこった」

馬琴はあきれたように手をふった。


「毎日暑いっすねぇ。江戸の夏を涼しく過ごすには、団扇に風鈴《ふうりん》、打ち水に、井戸で冷やした瓜にすいか、つりしのぶ……何か忘れているものがございやせんか。

日が暮れて、闇が町をおおうころ、どろどろどろという音とともに、首筋にふきかかるひんやりした風、ふっと振り向くと……顔は青白く、そそけた髪が長く揺れ、白い着物に、額の三角布、手はだらり、足はなし。……ご存知、『うらめしやぁ〜〜っ』の幽霊でぇ。

ばったりでくわしたら、全身冷や汗でびっしょり。そう、夏は幽霊に限るときたもんだ。

ところが、幽霊はそんじょそこらに都合よく出ちゃくれねえ。そこで両国広小路、浅草の見世物小屋が賑わう。歌舞伎の四谷怪談に人が集まるってわけだ。でもやっぱり本物にゃかなわねえよなぁ。見たいよなぁ。本物の幽霊。

……出るとこがあるんだよ、本物が。

どこにって？　それが、ここ市ヶ谷揚場町にも蔵を持つ、梅川屋の作事場だっていうからたまげるじゃねえか！

さあ、ここからは読売を読んどくれ。一枚四文！　さぁ、買った買った！」

吉が市ヶ谷揚場町の船着場にたどり着くと、読売売りが口上《こうじょう》を述べていた。人が集まり、次々に読売売りに向かって手が伸びる。

「梅川屋って、そこの蔵の……」

「ひぇっ、先代のおかみさんの恨《うら》みってか」

「おかみさんってことは婆さんの幽霊？」

読売を手に持ち、ひそひそささやきながら、人々は梅川屋の蔵をうろんげに見ている。

「ひとこと断っておかねえとな。幽霊は美人と決まってらぁ。この絵を見ろや。生きていたら、ふるいつきたくなるような美人だったぜ。大体《だいてえ》婆さんやへちゃむくれが化けて出ても幽霊とは呼ばねえ。お化けだ。どっちもおっかねえことに変わりはねえが」

読売りが一段と大きな声で叫ぶと、人々がどっと笑った。

読売は飛ぶように売れていく。と同時に、梅川屋を覗《のぞ》き見する人々が増えていった。

吉も読売を買い、目を走らせた。

絹の読物は、小梅村の梅川屋の作事場で、夜な夜な、女のすすり泣きと鉦を鳴らす音が聞こえ、村人たちが怖がっているというところからはじまり、その作事場で、家付き娘が、家業をたたみ女に走った夫を恨み死にしたと話が続いていた。真二郎の描いた絵もぞっとするような出来だった。

うりざね顔に、三日月を逆さにしたように伏せた目、八の字になった薄い眉、不満げにゆがんだ口、腰まである髪は裾に向かって薄くなっている。

そして下に向けられた右手の指が梅の花の模様がついた瓦を一枚つかんでい

た。額の三角布も小さな瓦だ。絵を見ただけで、瓦屋の幽霊ということがわかる。背景には人魂も三つほど描かれている。

「何、覗いてんだ。商売の邪魔だ。どいたどいた」

梅川屋の蔵から男が出てきた。吉はあわてて道端の柳の陰に隠れた。梅川屋の半纏を着た、首筋に刀傷があるあの男だ。吉の胸がふるえた。

追っ払われると、野次馬は数歩後ろに下がるが、すぐに元居たところに戻る。ついにひとりが梅川屋の雇人に声をかけた。それが皮切りになり、まわりの者も口を開きはじめる。

「兄さん、小梅村の作事場で、夜な夜な女のすすり泣く声がするって、本当かい？」

「因縁付きの作事場を安く買い叩いた恨みかね、やっぱり」

「幽霊からとり憑《つ》かれねえように、門にでっけえ鍵をかけてるっていうじゃねえか」

刀傷の男は憮然として、手近な男が持っていた読売を乱暴にとりあげると、素早く目を走らせ、ちっと舌打ちをした。

「くしょう、ばかなこと書きやがって……」

びりびりと読売を破り捨てる。とられた男が眉をつり上げて袖をまくり上げた。

「……なんてことしやがる。おれが銭を出して買った読売を……この野郎。四文返せ」

すいと間に入ったのは読売売りだった。読売を破られた男の前に、新しい読売をさしだす。

「……ほんとのことを書かれて、頭に血が上ってんだろうよ。さ、こっちを持って帰ってくんな」

「誰が読売のことなんか信じるか！　嘘《うそ》っぱちばっかりを並べやがって」

刀傷の男は目を怒《いか》らせて言いつのる。読売売りも負けていない。不敵《ふてき》に笑い、人々に呼びかける。

「幽霊が出てこねえなら、どうぞどうぞ作事場まで来て確かめておくんなさいと、笑って済ますところじゃねえのか。……嘘っぱちか本当か。肝《きも》だめしをやってみようってやつはいねえか。今宵、美女の幽霊と、しっぽり冷や汗で濡れるってのも乙なもんだぜ」

途端《とたん》に声が上がった。

「行こうじゃねえか。小梅村だろ」

「おれも行くぜ。瓦屋の幽霊、おがんでくらぁ」

「舟を出すか。夕涼みがてらどうでぇ」

「舟があるなら、帰《けえ》りも楽だな」

すぐに調子に乗る男たちが世の中には結構大勢いる。

「ふざけやがって」

読売りめがけて、梅川屋の男が拳《こぶし》を振り上げたとき、蔵の中からもうひとりの男が出てきた。頭をつるりと剃《そ》っている僧形《そうぎょう》の男だ。だが目に険《けん》があり、崩れた雰囲気を漂わせている。その上、全身が刀でできているような殺気をまとっていた。

「かまうな。騒ぎを起こすな」

胴間声でびしっと言った。刀傷の男は振り返り、唇をかみ、腕をおろした。

「……覚えていやがれ……」

取り囲んだ人々をねめつけ、言われた通り、さっと梅川屋の蔵に入っていく。

「……瓦屋っていうけど、梅川屋、作事場で瓦、焼いてんのかね」

隣の男がつぶやいたのを、吉は聞き逃さなかった。その男は瓦屋藤屋《ふじや》という半纏を着ている。

吉は思わず話しかけた。

「えっ、でもあそこの蔵の中には瓦が入っているんじゃないですか」

「……あの中に入っているのは、今戸《いまど》の瓦屋から買い付けた瓦だって聞いたぜ」

本所中之郷の雇人である男は、今戸の瓦屋の者と飲み屋で一緒になったときに、そんな話を聞いたという。

「まあ、瓦焼きをはじめて間もねえから、うまくいかねえこともあるんだろうけど。買い取った代金と同じ値段で、瓦を売ってもうけは出ねえ。……おまけに幽霊話まで出ちまった。そんな験《げん》の悪い瓦で、自分ちの屋根をふきたいと思う客はいねえだろう。いつまで店が持つかわかんねえな」

吉は手で口を押さえた。梅川屋の作事場で作っているのは贋金という疑いが揺るぎないものになっていく。

早く、真二郎や上田にこのことを教えたい。そのためにも早く大家に会って、文を頼まなくてはならない。

男に礼を言って、長屋に向かおうとしたとき、しゃなしゃなと読売売りに近づいた女の姿を、吉の目がとらえた。この暑いのに白足袋《たび》なんかをはいている。絹だった。

「売り上げはいかがですか」

「上々でさぁ」

「また梅川屋から妨害が入るかもしれません。気をつけて、たくさん売ってくださいね」

読売の評判と、梅川屋の反応が気になって、わざわざ出かけてきたのだろう。吉は絹に駆け寄った。

「お絹さん。お願いしたいことがあるんですが」

弓の形の眉がくっと上がる。

「なんであなたがここにいるの。まさかこっちの領分に、首をつっこもうとして、梅川屋を探っているんじゃないでしょうね」

「ただ居あわせたってだけで探ってなんかいませんよ。それに私が何を調べようとかまわないじゃないですか」

思わず、吉は言い返した。絹はふっと息をはいた。

「……お断りいたします。頼みごとは御免被《こうむ》りますわ」

中身も聞かずにそういって、踵《きびす》を返そうとした絹の腕を吉がつかんだ。きっと振り向いた絹に、吉は藤屋の雇人から聞いたことを伝えた。たちまち絹の表情が変わる。

「瓦を焼いていないというんですね」

吉がうなずく。

「そのことを上田さんと真二郎さんに伝えてほしいんです。おふたりは米沢町の両替屋えびすやを探っています。もしおふたりが捕まらなければ、小梅村の御用聞きの正之助さんに伝えてください」

「よございます。承《うけたまわ》りました」

余裕の笑顔の中に、これで探索に合流できるという絹の魂胆《こんたん》が透けて見える。

「私も梅治さん宛ての文を、大家さんに頼み次第、追いかけますので」

「あら、それは結構ですわ。なぜなら……」

「四の五の言わず、さっさと行ってください！」

絹の背中をどんと押しやり、吉は長屋まで走った。大家に梅治への文を頼み、船着場にとってかえす。

読売りの口上はまだ続いており、あいかわらず、梅川屋の前は人が取り巻いている。

そのとき梅川屋から僧形の男と刀傷の男が出てくるのが見えた。

すわ、読売売りと喧嘩が始まると吉は身を硬くしたが、男たちは船着場から舟に乗った。

吉は客待ちをしていた船頭に駆け寄った。

「すいません。舟をお願いします」

そう言って、吉は猪牙舟に飛び乗った。

「とりあえず、大川に向かってください」

すでに、梅川屋の男たちが乗った舟は豆粒のようになっている。あの男たちの行く先は、両国広小路のえびすやか、小梅村の作事場のどちらかだろうと吉は目星を付けた。

手拭いを頭にかぶせ、日差しを避けながら、吉は考えを巡らす。梅川と両替屋えびすやは、受け渡しに寺を使っていたほど、つながりがわからないように用心していた。梅川屋の男たちが直接えびすやに行くことはないだろう。

吉の読み通り前の舟は、えびすやのある両国広小路も通り過ぎて行く。吉は船頭に、小梅村まで行ってほしいと告げた。

「……姉さん、知ってるか。梅川屋の幽霊作事場の話」

「ああ。読売で……」

吉は懐から読売を取り出して見せた。

「たまげたな。夜、ちんちん、鉦の音がするなんて……」

「ぞっとしますよね。ほんとかしら」

吉は船頭に話を合わせた。

「姉さんは、幽霊とか神隠しとか信じるかい？」

「あるかもしれませんよねぇ。これだけ幽霊話があるんだから……でも神隠しって？」

「この間、知り合いの船頭がいなくなったんだ」

吉の胸がはね上がる。新八のことかもしれない。

「舟もその前に消えていたんでさぁ。天狗《てんぐ》にでもさらわれちまったのか。……今頃、天狗のところで、船頭やってんだろうかねぇ……。無事でいてくれりゃいいんだが」

その舟に勝太が乗せられ流されたのだ。吉はさりげなくたずねた。

「まあ。どんな人だったんですか」

「まじめな男だよ。年は三十。体はがっちり、顎の張ったいかつい顔をしているから、女にはもてなかったがなぁ……世をすねて、他の土地に逃げて行くようなやつじゃなかったんだ……」

大川を渡り、北十間川に入る。同じ船着場に着いて、やつらと鉢合わせになるのを避けるため、吉は水戸下屋敷近くの船着場に着けてくれるように言った。

土手の道をしばらく歩くと、梅林が見えた。集落に入り、正之助の蕎麦屋ののれんをくぐって声をかけた。

「正之助さん、いらっしゃいますか?」

「ああ、あんた……昨日の……お吉さんだったか」

正之助が出てきた。

「市ヶ谷揚場町の梅川屋の蔵から男ふたりが舟でこちらに向かって。何か普通ではない様子だったので、後を追ってきたんですが……」

正之助も、上田の小者が来て、梅川屋の作事場を見張っていてくれと言われ、これから出かけるところだったと言った。

作事場に向かいながら、吉は、梅川屋がよその瓦屋から瓦を買っているという藤屋の雇人の話をした。

「瓦を作っていねえってか……。お吉さん、あんた御用聞きになれるぜ。そんだけ、話を聞き出してくるなんて」

「ただ……人が話してるのを聞いているだけなんですけど」

うれしい気持ちを押し隠して言ったが、次の正之助の言葉に、吉は心底、がっかりさせられた。

「安心して話しちまうのかもしれねえなぁ。まさか読売書きだなんて誰も思わねえ。お吉さんはどこからどう見ても、どこにでもいる町の女だもんな」

作事場の門はあいかわらず閉まっていた。耳を澄ますと、中でわさわさと人が動いている気配がする。脅《おど》すような男の尖《とが》った声がかすかに、聞こえた。

ふと空を見上げ、吉ははっとした。先ほどまで作事場から空に昇っていた煙が消えていた。

作事場が面している曳舟川に屋根付きの舟が入ってきたのはそのときだ。吉と正之助は雑木林の中に身を隠し息をひそめた。

曳舟川は北十間川から続く川で、川幅が狭く、土手を歩く人に舟をひっぱってもらう。人力で舟を引く川だった。

舟からおりたのはあの刀傷の男だった。船頭と曳舟人にここで待つように乱暴な口調で命じ、門を叩き、開いた門の中に体をすべりこませた。

「もう、上田さんたち、どうしているのかしら……」

「……お吉さん、何するんですか……」

吉は口に人差し指をあて、しーっと正之助に合図すると、生い茂る草と木々の陰に隠れながら、土手にいる船頭と曳舟人にそろそろと近づいた。

「手間賃が倍なんだ、いい仕事じゃねえか」

煙管《きせる》をくゆらせながらいった曳舟人に、船頭がぼやく声が聞こえた。

「なんだか、いやな予感がするんだよ。おめえ、読売読んでねえのか」

「この作事場に幽霊が出るってんだろ。どうせ嘘八百だ」

曳舟人は真面目な顔で言う。

「しかしなぁ…うめぇ話を、さいですか、と素直に受け取っていいもんかねえ。手間賃が倍だなんてよ、何か理由《わけ》があるんじゃねえか……」

「よけいなこと、考えねえこったな」

落ち着かない気持ちを押し隠すように、船頭は盛大に団扇を動かしている。曳舟人は土手に背をもたせ、横になると、顔に手拭いをかけ、昼寝を決め込んだ。

吉は静かに正之助のところに戻り、今の話を耳打ちする。

さわさわと雑木林の葉を風が揺すっていく。通りを行き交《か》う人もぽつりぽつりで、梅川屋のことさえなければいかにものどかな昼下がりだ。

しばらくして、がたんと音がして門が開いた。刀傷の男が出てきて、北十間川のほうに向かって通りを歩き出した。吉は固唾《かたず》を呑んでその後姿を見つめた。

「お吉さん……何があっても、そこから動くんじゃねえぜ」

正之助はそういうと、刀傷の男の後を追っていった。

雑木林の中にひとり残された吉は息をひそめ、門を注視し続けた。

それから小半刻（約三十分）も経ったろうか。中から男が数人出てきた。知った顔はない。

「おせぇな」

北十間川のほうを見て、しきりに口走っている。

「舟が来ているかどうかを確認するだけに、何を手間取っている……」

曳舟川にもやっている屋根舟とは別の舟を、北十間川の船着場につけているのだと吉はぴんときた。曳舟川は行き交う舟がやっとすれ違うような川だが、北十間川の船着場からなら、舟はすぐ大川に出られる。刀傷の男は、そこに舟を手配しているのだろう。

正之助も帰ってこない。正之助が尾けていったのは雷電屋で匕首を簡単に抜いた男だと思うと、吉の胸が不安でいっぱいになった。

そのとき、がやがやと賑《にぎ》やかな声が曳舟川のほうから聞こえてきた。一艘の猪牙舟に男たちが三人乗っている。

「ちょいなちょいな　猪牙で　行くのは小梅村とくらぁ」

深川通いを小梅村に置き換えて小唄を口ずさんでいる者がいるかと思えば、

「揚場町から小舟を急がせぇ　舟はゆらゆら波まかせっサテ　幽霊屋敷へご案内っ」

柳橋を揚場町、吉原を幽霊屋敷に置き換えて、喉《のど》を披露している者もいる。

男たちは舟から次々に飛び降りた。みな揃いの法被《はっぴ》を着ている。船頭と曳舟人に待つように言い、梅川屋の作事場を指さした。

「ここかぁ。梅川屋の作事場は。いかにも出そうじゃねぇか。まわりの雑木林もいい具合だぜ」

「なんてったって美人の幽霊だ。……惚《ほ》れてぇみやがれ、金こそねぇがぁ、他に負けねぇものがあるってな……」

「調子に乗って、うなってんじゃねぇよ。おめぇの下手な都都逸聞いた途端、幽霊が逃げ出したらどうする⁉」

男たちは作事場を目にして興奮しているらしく、大騒ぎだ。憮然としている門前の男たちにも、調子よく声をかける。

「にいさん、梅川屋の雇人かい？　そういや心なしか、顔色がわりいような」

「今晩は、おれたちが見張りをしてやるから、安心しな」

「市ヶ谷田町の町火消六番組。ゐ組の岩太《がんた》、福平《ふくへい》、五助《ごすけ》とはおれらのことよ」

男たちがいらいらと頬をぴくぴく震わせようが、そんなことはおかまいなしだ。

「迷惑だ。立ち去れ」

三人の鳶《とび》をにらみつけ、男たちは作事場に逃げるように戻り、ギッと門を閉めた。

鳶たちは門をこんこんと叩いたりしながら、相変わらずくっちゃべっている。

「もそっと愛想よくできねえもんかねえ」

「旗本屋敷みてぇな頑丈《がんじょう》そうな門だな」

「……瓦屋の作事場に入る盗人なんていねえだろになあ。中にあるのは瓦だけなんだから。……出るからか……？　しーんとして、やっぱ、陰気だな」

ひとりが空を見上げて声をあげた。

「……煙が出てねぇ。あらら。開店休業。あんな読売が出ちまったからか」

「梅川屋のためにも、おいらたちが幽霊退治に出ばらねえとな」

「成仏させるなら、坊さん、連れてきたほうがいいんじゃねえか」

その調子でずっと騒いでいてほしいと吉は願ったが、男たちは舟のほうに戻っていく。

「薄暗くなるまで、どこかで一杯ひっかけて待とうぜ」

「だな」

「ところで、おめえさんたちも肝だめし？　幽霊退治？」

ひとりの男が、屋根舟の船頭と曳舟人に声をかけた。

「いや、仕事だよ」

「誰か、待ってんの？　こんなところで？　ああ、梅川屋の」

船頭がうなずく。

「屋根舟とは豪勢なもんだねぇ。いったい、誰が乗るんやら」

ちょいなちょいなと、歌を歌う声が遠くなっていく。

鳶の様子を窺《うかが》っていたらしく、また門が開き、男たちが出てきた。ひそひそと声を交わしているが、あいにく吉のところまではみなは聞こえない。

「くそ、読売のせいで……日が暮れる前になんとか……」

「まさか……あのやろう、逃げたんじゃねえだろうな……」

「急いで……ずらからねえと」

男たちがまた中に入ると、船頭が不安げに立ち上がった。手拭いでぴしぴしと体についた草をはたき、また首にかけた。

「この作事場にいるのはごろつきばかりじゃねえか。……おれぁ、抜けさせてもらう」

「手間賃、倍だって言ってんだぞ。まだ一文だって受け取っちゃいねえ。おめえの舟がなけりゃ、おれだって商売できねえ。そりゃ、ねえだろ」

「訳ありはごめんだ。勘弁してくんな」

船頭は舟のもやい綱をはずしはじめた。

「おれが舟をひかなけりゃ、動かせねえ」

「おめえの手が借りられなけりゃ、櫓《ろ》一本でいくさ。北十間川まではすぐだ。急ぐ旅じゃなし。ゆるゆる行けばいい」

とたんに、曳舟人の表情が変わった。

「この舟を帰すわけにはいかねえんだよ」

いきなり、曳舟人が船頭の腹を拳で思い切り、殴った。船頭の体がくの字に折れ、もんどりうって岸辺に転がる。

ひっ。

吉から声が漏れ出た。

あわてて吉は口を手で押さえたが、後の祭りだった。

「そこにいるのは、誰だ?」

門が開き、中からさっきの男たちが姿を現わした。曳舟人は、雑木林の吉がいるあたりを指さす。

吉はたちまち男たちに取り囲まれた。

「こいつ、風香堂の読売書きの女ですぜ」

三角顔の男が言った。雷電屋の娘に頼まれていやがらせをした男のひとりだ。

「おめえ、ここで何をしてる」

どすの利いた声ですごまれ、吉は恐しさに声も出ない。

「おめえが、幽霊屋敷なんて読売を書きやがったんだな」

膝ががくがくと震えている。

「俺を、覚えているだろ」

男が吉の腕を乱暴につかんだ。ぶるぶると顔を横に振ったが、腕を握る力は緩まない。

「知った顔か……」

後ろから、僧形のあの男が出てきた。底光りするような目で吉をにらんだ。

「……中に連れて行け」

恐怖に襲われ、吉は叫ぼうとした。その口が武骨な手でふさがれた。

「騒げば殺す」

吉は男たちに小突《こづ》かれるようにして、門の中に入った。

朽《く》ちた瓦焼きの作事場が見えた。風雪にあたり、柱は曲がり、窯には落ちた屋根がかぶさっている。その奥に、真新しい竈《かまど》が見えた。瓦焼きの窯とは比べ物にならないほど小さい。竈の火は落ちていたが、上に湯気があがる釜がかけられていた。建物の中から、カンカンと金属を叩く音が聞こえる。数人の男たちが槌を振り上げたり、鑿《のみ》のようなものを使っているのが見えた。

「よそ見するな。ここから出られなくなるぞ」

三角顔の男が鼻でせせら笑いながら、吉の口に猿轡《さるぐつわ》をかませ、手をしばり、納戸の中に押しこんだ。続いて曳舟人に叩きのめされた船頭がもののように投げ入れられる。

直後に閂《かんぬき》がかけられた音がして、中は真っ暗になった。

吉が見たのは、贋金づくりの現場に違いなかった。

恐ろしさで、吉は腰が抜けたようになっていたが、笑っている膝をだましだまし、一緒に放り込まれた屋根舟の船頭に近づいた。船頭も猿轡をされ、手を縛られている。

「大丈夫ですか……」と言ったつもりだが、声にはならない。だが船頭はわずかにうなずいたようだった。それから吉は扉ににじりより、耳をつけた。

「作業をやめろ！」

「鑿や槌は、木箱に収めろ」

「たたき台はここに並べろ。……辰《たつ》！　ぼやぼやするな」

辰？　辰吉？　吉ははっと顔をあげた。

「新八！　前へ出ろ……。船頭だったな！　屋根舟を操れるな？……猪牙舟だけだと!?　何、すっとぼけたこと言ってんだ。何の役にも立たねえおめえを生かしておいてやったんだ。屋根舟を動かせねえと言うんなら、おめえも辰も生きてここから出られねえ。……わかるな」

おそらく行方がわからなくなっていた船頭の新八だろう。ふたりとも生きている。だが状況は最悪だ。

「あの女と船頭はどうする?」

「中で転がしておけ。ここには火をかける。幽霊退治にやってくる町火消のためにな」

吉は凍りついた。殺されたくなんてない。まだ死にたくない。だが、声をあげることさえできない。

正之助はまだ戻ってこないのか。吉がいなくなったことにまだ気付いていないのか。

荷車に何か乗せられる音に続き、門が開く音がした。ぎぃと車輪が回る音が続く。このままでは奴らに逃げられてしまう。真二郎と上田は何をしているのだろう。真二郎さん……助けて……吉は心の中で叫び続けた。

次の瞬間――。

「御用だ!」

上田の声が響き渡った。

「御用だ、御用だ」

どかどかと大勢の足音が近づいてくる。

激しく刀を打ち合う音が響き始める。

その中に吉は真二郎の声をはっきりと聞いた。

「お吉！　どこだ。どこにいる？」

吉は扉に思い切り体当たりした。だが扉はびくともせず、吉ははね返される。唇をかみ、また扉にぶつかる。またはね返される。何度、同じことを繰り返しただろう。体は痛いし、髪はぐずぐずに崩れ、着物も埃《ほこり》まみれだ。折れそうになる気持ちを立て直し、吉は扉にまた向かった。

「そこにいるんだな！」

真二郎の声が間近で聞こえた、扉が開いた。あふれんばかりの光に包まれ、咄嗟に吉は目をつぶった。目を開けると、真二郎の顔が見えた。真二郎は吉に駆け寄り、手際よく猿轡と手をしばっていた手拭いをはずす。だが、涙が盛り上がった吉の目が恐怖にゆがんだ。

「真二郎さん、後ろ！」

吉が叫ぶ。真二郎の後ろに匕首を振り上げる三角顔の男が見えた。

真二郎は素早く踵《きびす》を返し刀を構えた。男は腰を落としたままじりじりと近づいてくる。糸のような目が不気味に光ったかと思うと、真二郎に向かって走った。真二郎は男の刃を体をひねって避け、その肩に峰《みね》打ちを打ち込んだ。男が吹っ飛び、大地に叩きつけられた。

吉は、屋根舟の船頭に駆け寄り、猿轡と縄をといた。

次々に、男たちは上田と真二郎らに叩き伏せられ、縄をかけられていく。

そのとき吉は、雷電屋の男たちを顎でつかっていた僧形の男が裏に逃げ去ろうとしていることに気が付いた。

「真二郎さん、裏に男が。その男が悪党の頭領よっ」

考えるより先に、吉は男を追いかけていた。

「ばかっ！　すっこんでろっ」

真二郎があわてて吉の後を追う。作事場の奥に裏木戸があり、一頭の馬がつながれていた。

「もう逃げられないわよ」

馬に乗ろうとしていた男は、飛び出してきた吉をにらみつけた。

「邪魔するな。斬るぞ」

男は吉には構わず、馬に乗ろうとした。

吉は小石をつかむと、男に向かって投げた。その小石が馬の背に当たった。不意をつかれた馬は暴れ、後足立ちになり、手綱を振りほどき、男をおいて走って行く。

憎形の男の顔だけでなく首筋まで、怒りで朱に染まった。吉をにらみつけ、すらりと腰の刀を抜いた。

そのときになって吉は恐怖に襲われた。体が震え、逃げることはおろか、動くことさえできない。

男が刀を振り上げた。男がこちらに向かって走り出したら最後だ。斬られる——もうだめだと目をつぶった瞬間、吉は突き飛ばされ、地面を転がっていた。

目をあけると、真二郎が刀を構え、男の前に立ちはだかっていた。

「お吉、離れていろ！」

真二郎が叫んだ。

殺気が男の全身からはなたれている。

真二郎と男は、刀を構え、間合いを詰めていく。

男が地を蹴り、上段から刀を振り下ろす。真二郎の白刃がそれを跳ね上げ、飛びすさる。また両者が構える。半歩、真二郎が前に出ると半歩男が下がり、半歩男が出ると半歩真二郎が下がる。

木の陰に隠れながら、吉は真二郎の無事を祈り続けた。

うなりをあげて男の刀がまた振り下ろされた。真二郎が男の刀を跳ね上げる激しい音がして、真二郎が刀を返して男の首筋を峰打ちで叩くのが見えた。たたらをふんで、勢いよく男が倒れこむ。

「真さん！　無事か」

上田が駆けて来たのと、真二郎が刀を鞘《さや》に収めたのはほぼ同時といっていい。

一味はみな捕えたという。

「お吉さんは……」

「……ここにおります」

吉は蚊《か》の鳴くような声で言い、木の陰から姿を現わした。

「お吉さん、無事でよかった。おれがひとりおいて来ちまったから……真ちゃんが怒って怒って……お吉さんに何かあったら……」

正之助がそう言うのが聞こえた。

真二郎がつかつかと近づいてくる。

「女だてらに、あぶねえ真似しやがって……」

吉の肩をつかみ、真二郎はしっかりと抱いた。吉はその胸にしがみついた。


正之助が追っていった刀傷の男は北十間川の船着場に二艘の猪牙舟と、一艘の屋根舟を手配していた。正之助は男をとらえ、すぐに両国広小路にいる上田たちに使いを出した。男は番屋に、自分の人相書きが貼られているのを見て観念したという。舟は贋金づくりの場所を変えるためのものだと白状した。

一方、上田たちは、躍起になって両替屋のえびすやが贋金を扱っている証拠を探していた。

贋金づくりの黒幕のえびすやをつかまなければ、全容は解明しない。

大坂の炭問屋・坂野屋の主がえびすやに来たのは昼過ぎだった。

「炭問屋の坂野屋……あ……」

吉が目を見開く。蕎麦屋で二朱金を出した男だ。真二郎が吉を見た。

「知ってんのか？」

「昌平橋の蕎麦屋で一緒になった人じゃないかと」

「とんだ女御用聞きだな」

真二郎が苦笑し、吉が首をすくめる。

坂野屋は、為替でえびすやから引き出した二分金の中に贋金が紛れ込んでいたと乗り込んできたのだった。大事《おおごと》にしないためにだろう。えびすやは申し訳なかったとすんなり謝り、すぐに、本物の二分金と取り換えた。

店から出てきた坂野屋の主を呼び止め、上田たちが話を聞き終えたとき、正之助から、梅川屋で贋金づくりをしている証拠があがったという連絡が入った。

上田は上役にかけあい、えびすやを捕える準備をすべて整えたうえで、小梅村にやってきたのだ。

「今頃、えびすやもお縄になり、すべてが終わっているはずだ」

真二郎は吉の目を穏やかに見つめて言う。

辰吉と新八も無事だった。職人として働かされていたのは、この二人をはじめ、みな、かどわかされて連れてこられた者たちだった。逃げたら、本人だけでなく、親兄弟にいたるまで皆殺しだと脅されていたという。

「辰吉は……勝太や長屋の人たちを殺すと言われていたらしい」

泣く泣く贋金づくりに加担したわけで、彼らが重い罪に問われることはないだろうと上田は言った。

「勝太は……どうして舟で流れてきたんですか」

吉が尋ねると、真二郎は立ち上がって、辰吉を連れて戻ってきた。

「自分で聞いたらいい」

辰吉はげっそりとやつれた顔をしていた。木型職人の腕と目を持つ辰吉は、偽二分金の仕上げをまかされていた。

「勝太は……無事なんですか」

辰吉は吉にすがりついた。薄汚れた顔がゆがみ、声が震えている。

「安心して。勝太は無事ですよ。辰吉さんと会えるのをずっと待ってます」

吉はそう言いながら涙がこぼれそうだった。

舟で流れてきた勝太を吉が見つけ、引き取り、昔、松緑苑を営《いとな》んでいた松五郎と民と共に面倒を見ていると言うと、辰吉の目が丸くなった。

「松緑苑さんの……知ってます。金つばが滅法《めっぽう》うめえ店で。あの菓子処《かしどころ》の旦那さんとおかみさんが……ありがてぇ」

胸の前で両手を合わせ、辰吉はうめくように言った。

辰吉はあの日、自身番に贋金を届けに行ったが、御用聞きは留守だった。

「長屋に帰《けえ》ってくると、勝太の姿がなく、一枚の紙が落ちていたんで……」

紙には、揚場の船着場近くにあるお稲荷さんに勝太を迎えに来いと書いてあった。すぐに長屋を飛び出した辰吉は、船着場を通り過ぎたところで、勝太を背負って歩いている男を見つけた。首に刀傷がある人相の悪い男だった。ぐったりして、額から血を流している勝太を見て、辰吉の頭に血が上った。

辰吉はためらうことなく、勝太を背負った男の腰にどんとむしゃぶりついた。男から勝太を奪い返し、辰吉は勝太を横抱きにして、走った。だが、すぐに男の足音が迫ってくる。

逃げ切れないと観念した辰吉は船着場で見つけた空《から》の猪牙舟に勝太を寝かせ、思い切り川の中に押し出した。舟で流したのは勝太を助けるためだった。だが、次の瞬間、男たちが振り上げる拳が見え、水の中に押し込まれた。

「気が付くとこの作事場に連れてこられていたんです。もう、勝太にも親方にも会えねえと思っていた……勝太が生きていてくれてよかった」

ほろほろと辰吉は涙をこぼした。

狭い番屋は捕えられた男たちで鮨《すし》詰めだった。職人として働かされていた辰吉や新八たちも調べを受けている。脅されて働かされていた辰吉たちも、解き放たれるまでは時間がかかりそうだった。

番屋を出たときにはすっかり遅くなっていた。帰るついでに近くまで乗せていくと言ってくれた船頭の言葉に甘え、真二郎と吉は屋根舟に乗った。

「長い一日でしたね」

舟の屋根に提灯が灯されている。その炎に照らされた真二郎は、吉を見て微笑んだ。

「よかったな。辰吉が見つかって。だが、もう危ねえ真似はごめんだぜ。正之助からおまえがいなくなったと聞いて、生きた心地がしなかった」

川を渡る夜風が心地よい。ふたりは黙って提灯の光が映る川面を見つめた。

辰吉が無事であることを伝えると、勝太はうれしさのあまり、しゃくりあげて泣いた。

吉と勝太は辰吉が戻ってくるまで松五郎と民の家に泊めてもらうことになった。情が移ってしまい、民は勝太を手放しがたくなったようだった。

勝太が泣き疲れて眠ると、真二郎は立ち上がる。用心棒が不要になったので、今日から自分の長屋に戻るという。

吉は通りに立ち、真二郎を見送った。真二郎が持つ提灯が遠くなる。角を曲がりかけた真二郎が振り向いた。

「また明日、風香堂で」

真二郎の声が風に乗って聞こえた。吉が手を上げる。

「はい。また明日、風香堂で」

真二郎がうなずくのが見えた。


「お吉さん、ここにお座りくださいませ」

翌朝、風香堂に着くなり、絹がきつい目で吉を見て、自分の前の畳をとんと叩いた。

「まずは小梅村であったことを包み隠さずお聞かせください」

絹は両替商のえびすやの張り込みまでは上田と真二郎と一緒だったという。だが、小梅村への同行はかたく拒絶された。

「ですから口惜しいことに、私は小梅村の顚末《てんまつ》を見ておりません」

ただし、えびすやの手入れの様子は一から十まで目撃し、昨晩のうちに読物として書き上げ、まもなく売り出されると、絹は得意げな顔をした。

「真二郎さんの絵ではないのが残念ですが、贅沢は言ってられません。こういう読物は早さが勝負ですから。詳しいことはおいおいということで『続く』と、文章の末尾に書き添えておきましたの。小梅村の手入れのことを続編としてまとめるつもりでおります」

急に外ががやついたと思いきや、読売売りの声が響き渡った。

「贋金づくりの一味が捕まったぜ。そこの兄さん、二分金、拝んだことがあるかい？

近ごろ、二分金の贋金が江戸で横行していたらしい。高級料亭、呉服店、吉原、骨董屋……お金持ちの田舎もんが行きたがるこういう店で贋金がもっぱら見つかった。なぜかって、黒幕は……。

さあ、買っとくれ一部四文。

姉さん、手入れのときの与力の晴れ姿。知ってるかい？　そう！　白襷に、白はちまきをきりっと締めて、ばったばったと悪党をやっつける。しびれるような格好良さだ。この読売を買えば、男前の与力のそんな姿が拝めるぜ。はい、四文ね。あ、二分金はなしにしてくれよ。お釣りしょってないし」

絹は窓に駆け寄った。読売に群がる人々を満足気に見下ろす。

「お吉、おめえ、一味にとっつかまったんだって⁉」

光太郎の大声が聞こえ、階段を上がってきた。後ろに真二郎が続いている。

「そこで真さんに出会って、話を聞いて、たまげたのなんのって。てぇーへんだったな。……その顚末を、今日中にまとめろ。こういう読物は、早く出せば出すほど売れるんだ。なっ、絹」

絹がぷっとふくれて、明後日の方を見た。吉はため息をついた。

あんな大事件に巻き込まれ、できることなら一日休んでいたいところだ。菓子以外のことを書くのも、気が重い。吉だって絹にお願いしたい。

だが、吉をあおるように、光太郎は続ける。

「これまで読売を休んだ分、今日からはばりばり書いて稼《かせ》いでもらう。いいな」

光太郎の後ろで、真二郎が吉を励ますように微笑んでいた。

吉はその日、一歩も風香堂から出ず、筆を握り続けた。

勝太が偽二分金を拾ったことから読物は始まり、梅川屋の作事場の様子、梅川屋と両替商えびすやの金の受け渡し方法、そして作事場への手入れについてまとめたときにはすっかり日が暮れていた。

刷りに回す寸前、梅川屋の贋金づくりを仕切っていた僧形の男の身元、並びに、両替商えびすやとのつながりがわかったという連絡が上田から入った。贋金づくりの全貌が明らかになったので、辰吉や新八も明日解き放ちになるという。

　僧形の男は、両替商えびすやにも出入りしていた彫金師だった。武家の出だが、浪人して食い詰めたあげく彫金師になったのだが、腕は確かで、帯どめや簞《たん》笥《す》の引手などを作り、重宝されていたらしい。

　だが、博打で借金を重ね、ある日、取り立て人といさかいを起こし、怪我を負わせ、島流しになったという。

　刑をつとめ、島から戻ってきた男を待っていたのは、えびすやの主だった。驚く男に、えびすやは贋金づくりを持ちかけた。男の彫金師の腕を見込んでのことだった。

　三角顔の男や刀傷の男たちは、男の流人仲間だった。そして実際の贋金づくりは、さらってきた男たちに行なわせていたという。

　伝馬町牢屋敷に送られたえびすやの主と僧形の男はじめ、主犯の七人には厳しい仕置きが待っている。

　真二郎は、贋金を入れた木箱を、えびすやの主に、二人の男が座敷で手渡している図を描いた。二人の男は三角顔の男と刀傷の男だった。

その晩、吉は勝太と並んで布団に入った。明日には辰吉が帰ってくる。今晩が勝太と過ごす最後の晩だと思うと、吉はなかなか寝付けなかった。いつもはすとんと眠りに落ちる勝太も、何度も寝返りを打っている。

「おいらが揚場町に戻っても、おいらのこと、忘れないでね」

不意に、勝太がつぶやいた。

「忘れるわけないいじゃない。勝太はあたしの子どもみたいなもんだもん」

くるりと振り向いて、吉は勝太を見つめた。意外なことに勝太は、真剣な表情で首を横に振った。

「母ちゃんは母ちゃん。姉ちゃんは姉ちゃんだ」

勝太は胸をこぶしでとんと叩いた。

「おいらの母ちゃんは、いっつもここにいるんだよ。おいら、辰吉が帰ってくるって本当はずっと思ってた。……母ちゃんの、大丈夫だよって声がここから聞こえてたから」

まっすぐな目をして、勝太は言う。勝太が時折、胸に手をあてていたのはそれだったのだと、吉ははっとした。

「いい母ちゃんだね」

えへへと照れたように笑い、勝太はまた胸に手をあてる。

思わず、吉も自分の胸に手をおいた。

そっと目を閉じる。母親と父親の笑顔がまぶたの奥に見えるような気がした。

——お吉、大丈夫だよ。

ふたりの懐かしい声が聞こえたような気がした。

「姉ちゃんの母ちゃんも死んじゃったの？」

吉が目を開けると、勝太が心配そうに見つめていた。

「おとっつぁんもおっかさんも。……でも勝太のいう通りだ。あたしのここの中にも、ふたりがちゃんといる……大丈夫だよ、って聞こえた」

「姉ちゃんにも、いい父ちゃんといい母ちゃんがいるんだね」

勝太が吉の真似をして言った。胸がツンとうずき、吉はあわてて指で涙をおさえた。

「……ありがとうね、勝太。いいことを教えてもらったよ」

ふたりは顔を見合わせて笑った。吉は泣き笑いだ。

「これからも姉ちゃんって呼んでいい？」

「ずっと姉ちゃんって呼んで。そして時々は遊びに来てね」

　勝太はうなずくと、思いつめたような顔で吉を見た。

「……姉ちゃん、いつかおいらの木型で作った菓子を読売に書いてくれる？　おいら、父ちゃんみたいな木型職人になるから」

　吉は勝太の頭をそっと撫で、それから勝太の目を覗き込んだ。

「勝太はきっと立派な大人になる。腕のいい木型職人になる……そしたら、姉ちゃん、勝太の木型で作った菓子のこと、読売に書くね。書かせてほしいって頼みに行くね。……約束する」

「げんまんだ」

　差し出された細い勝太の小指に、吉は自分の指をからめた。

　これでもう、吉は読売の書き手をやめられない。

　菓子屋の女中への未練はきれいさっぱり消えていた。

　安心したように、勝太は寝息をたてはじめた。

　──母ちゃんが残していった勝太はとってもいい子です。大丈夫ですよ──

　勝太の母親に吉は心の中で呼びかけずにいられなかった。

　翌日、刷り上がったばかりのその読売を持って、吉は馬琴を訪ねた。いつものように金糸雀の世話をし終えると、馬琴に読売を手渡した。

馬琴は一読すると一節うなった。

「こうしてこうすりゃこうなるものとぉ知りつつこうしてこうなったっ！」

きょとんとしている吉の目を覗き込むようにして続ける。

「贋金づくりなんてやつぁ、わりにあわねえもんなんだよ。金はかかるし、足がついてすぐにつかまって、死罪だ。両替屋だったら、んなこと、百も承知だったろうに。えびすやも、欲ボケしちまってたのかもしれねえな」

すっと馬琴が立ち上がる。話は終わりだということだ。

「おめえ、少し、書き手として腕が上がったんじゃねえか」

奥のふすまに手をかけながら、馬琴がまるでひとりごとのようにつぶやく。

「えっ！」

「以上！」

と馬琴がそんなことを言うなんてこれっぽちも思っていなかった吉は、閉じられたふすまを見ながら、まばたきを繰り返す。奥から、またうなり声が聞こえてきた。

「世の中にぃ　寝るほど楽はなかりけり　憂世《うきよ》の馬鹿はァ起きて働く……って、

やってられんな」

吉はくすっと笑いながら立ち上がった。

吉は馬琴の家を出ると、小松町に向かった。これから上田が辰吉を松五郎の家につれてくる。贋金づくりの一味ではないことが認められ、ようやく無罪放免となるのだ。

吉は妻恋町の菊屋に寄って、すべての形の落雁を求めた。

「昌平さん、今度、ぜひ会わせたい人がいるの。楽しみにしていてね」

近いうちに菊屋の昌平に、辰吉を会わせなくてはならない。その前に、辰吉に辰吉が作った木型を使った落雁を食べさせてやりたかった。

日本橋を渡ったところで、真二郎とばったり出会った。真二郎は池田屋の包みを手にしている。

「まあ……池田屋さんの」

「今朝、大急ぎで行ってきたんだ。梅治の木型の落雁を、辰吉と勝太が喜んでくれると思って……」

勝太が忘れた記憶を取り戻してくれた落雁だ。その真二郎の心遣いがうれしくて、吉の胸がじんと熱くなる。

「そっちの包みは？」

「菊屋さんの落雁……辰吉さんの木型で作った落雁です」

うむと真二郎がうなずく。

ふたりは顔を見合わせて微笑み、肩を並べ松五郎の家に向かう。

水無月ももうすぐ終《し》まいだ。文月に入れば、秋は間もなくだった。

少しばかり高くなった空に、真二郎の下駄の音が抜けていく。

吉は滅法界もなく、幸せを感じていた。

解説——軽やかな描写と精密な考証で紡《つむ》がれた〈時代職業小説〉の傑作

文芸評論家　大矢博子《おおやひろこ》

お菓子と有名人のコラボ記事を担当する新米女性記者の奮闘記——と書くと現代の話のようだが、れっきとした時代小説である。なるほど、この手があったかと思わず膝《ひざ》を打った。しかも本シリーズは江戸の職業小説として時代考証的にも実に見るものがあるのだが、それは後述するとして、まずはアウトラインを紹介しておこう。

主人公の吉《きち》は、両親を亡くした十二歳のときから十三年間、菓子処・松緑苑《しょうりょくえん》で働いて弟妹を育てあげた。女なので職人にはなれなかったが、彼女の舌は一級品。自分が食べた菓子の記録を「とぉんと帖」と名付けた帳面に記しているほどの甘味好きだ。けれど店主が店じまいを決意、身の振り方に迷っていた吉に声をかけたのが、読売屋風香堂《よみうりやふうかどう》の主・光太郎《こうたろう》だった。女性向けの読売を作ろうとしていた光太郎は吉の「とぉんと帖」を読み、書き手にとスカウトしてきたのだ。

だが初心者の彼女にとっては右も左もわからないことだらけ。菓子を紹介するだけでなく、歌舞伎役者や人気戯作者といった有名人の好きな菓子をその人物と併《あわ》せて取り上げるというアイディアで、どうにか記者生活をスタートさせた。

先輩の女読売書き・絹《きぬ》に冷たく当たられたり、女の書き手を認めない男連中に蔑《さげす》まれたりする一方、光太郎や絵師の真二郎《しんじろう》にも助けられたりしながら、吉は〈ものを書く〉ということの楽しさと責任の重さを少しずつ知っていく——。

というのが前作『読売屋お吉　甘味とぉんと帖』の粗筋《あらすじ》である。本書はそれに続くシリーズ第二弾だ。冒頭でこれまでの流れをおさらいしているので本書から手に取られても問題ないが、事件のひとつは前作に端《たん》を発しているので、ぜひ前作も併せてお読みいただきたい。

読売屋を扱った時代小説は、辻堂魁《つじどうかい》「読売屋天一郎」シリーズ（光文社時代小説文庫）、小沢章友《おざわあきとも》『やっかい半次郎　かわら版屋繁盛記』（双葉文庫）、柏田道《かしわだみち》夫《お》『矢立屋新平太版木帳』（徳間文庫）、城野隆《じょうのたかし》『一枚摺屋』（文春文庫）、古荘《ふるしょう》多聞《たもん》（上前淳一郎《うえまえじゅんいちろう》）『瓦版屋左吉綴込帳』（文藝春秋）など、古今数多い。だがこれまでは、情報が集まるという設定を利用した世直しものや剣戟《けんげき》、捕物帖が大半だった。そんな中、記者として独り立ちしていく女性を主人公に、女性が働くという視点や甘味というモチーフを中心に据えたお仕事小説にしたのは、新機軸と言っていい。

第二作となる本書では、記者としてようやく歩き始めたお吉が描かれる。今回も葛飾北斎《かつしかほくさい》が好む大福茶漬け、大関・高砂《たかさご》が好物だという手作り最中《もなか》、新進絵師・魚屋北渓《ととやほっけい》の落雁《らくがん》など、綺羅星《きらほし》のような人物たちとすぐに買いに行きたくなるようなスイーツ情報の合わせ技でうっとりさせてくれる。だがそれだけではない。吉の周囲でトラブルが相次ぐのだ。

高砂関から聞き取りを日延べしてほしいと手紙をもらったのに、部屋の方ではそんな手紙は出していない、そっちがすっぽかしたと怒られる。頭に怪我《けが》をしたまま猪牙舟《ちょきぶね》で流されていた少年を助ける。発行した読売がパクられ、吉の方が偽物だと言われる。さらには御政道に背《そむ》くような事件まで……。

前作に引き続き、新米記者のお吉の取材や聞き取り（インタビュー）の様子、それを記事にするまでのあれこれという職業小説の興味深さに加え、取材対象の菓子がまるで見た目から舌に乗せた感覚まで再現されるような描写で、スイーツ時代小説としても実に読み応えがある。そこに滝沢馬琴《たきざわばきん》や葛飾北斎ら実在の人物をからめたり、取材の途中で事件に巻き込まれたり、ひとつの取材が別の出来事の謎解きにかかわったりという盛りだくさんの要素をきれいにまとめる物語の構成も大きな読みどころだ。

だが、スイーツ時代小説としての魅力をそのまま残しつつも、読売という仕事描写の比重が大きくなっていることに気づかれたい。自分にできるのか、受け入れられるのかという悩みや、自分の仕事が及ぼす影響の大きさと責任の重さの自覚など、前作ではお吉個人の問題が主だった。それが本書では、外部からの妨害という事件が扱われる。さらに、読売の記事にすることによって人を動かし、事件を暴くというジャーナリズムの側面も終盤には登場する。これは読売書きという仕事を通してお吉が成長する〈お仕事小説〉から、業界そのものの意味を描く〈職業小説〉へ変貌しつつある証左ではないか。

そして〈職業小説〉として本書を読むと、著者の五十嵐佳子がいかに精密に下調べをして、いかに愛情を持ってこの物語を紡《つむ》いでいるかが、とてもよくわかるのだ。

冒頭で私は「本シリーズは江戸の職業小説として時代考証的にも実に見るものがある」と書いた。その最たる部分が「読売」という言葉だ。

おそらく世間一般には、読売というよりかわら版と言った方が通りがいいのではないだろうか。だが本書にはかわら版という単語はひとつも出てこない。なぜならかわら版という言葉は、この物語の舞台の時代には存在していなかったからだ。

本書の舞台は文政《ぶんせい》八年（一八二五年）である。「昨日、日本橋《にほんばし》に、伊勢半《いせはん》という紅《べに》屋が開店したんだ」「三年前に八百善《やおぜん》の主・四代目栗山善四郎《くりやまぜんしろう》が『江戸流行料理通』という料理の指南書を出版」などという部分から、年がはっきり特定できるようになっている。そして読売をかわら版と呼び始めたのは、文久《ぶんきゅう》年間（一八六一年〜）になってから。江戸時代も末期のことだ。本書の舞台である文政年間には「読売」「一枚摺り」といった呼び方が一般的だったのである。

他にもある。各地を駆け回る飛脚《ひきゃく》が情報元だったこと。取材してから中一日、早ければ即日で発行していたこと。売り手が歌うような口上《こうじょう》を述べて売っていたこと。風香堂の読売には版元の名前が入っていること（これは法度《はっと》で義務付けられていたが、版元を記載しない海賊版も多かった）。もっと細かいことを言えば、絹が書いていたヒクイドリの記事は、これより少し前にオランダから長崎《ながさき》に運ばれ、見世物になったダチョウのことだ。

本書は軽やかでエキサイティングでスイートなエンターテインメント小説である。だがその軽やかさを邪魔しないよう細心の注意を払いながら、著者はこの

〈時代〉をしっかり描いている。

うまいなあ、と思ったのは記事をパクられた吉に、滝沢馬琴が「やっけぇなことだが、世の中にねえことでもねえ。思い悩んだりしたら、向こうの思うつぼだ」と言わせた場面だ。

この時代、著作権の概念はなかった。読売のパクリは日常茶飯事《さはんじ》で、売れた読売はすぐに偽作や海賊版が出ていた。そして読売だけではなく、滝沢馬琴のような人気戯作者の作品もまた海賊版が横行していたのである。当然、その儲《もう》けは作者には一銭も入らない。「世の中にねえことでもねえ」と馬琴が吉を励ましたのには、同じ被害者としての共感がある。悪質な海賊版の問題はネット時代の今だからこそリアルに感じられるだろう。パクリ業者相手に吉や風香堂が立ち向かうくだりは本書の読みどころのひとつだ。

また、怪我をした少年について同心《どうしん》が読売には書かないよう吉に伝える場面がある。吉は二つ返事でそれを受けるが、これは決して少年のことを慮《おもんぱか》っただけではない。実は読売は本来、幕府から禁じられている行為なのである。その法度が有名無実化しているだけなのだ（それでも幕府批判と心中事件の報だけはきつく取り締まられていた）。ドラマなどでは手ぬぐいを頭に乗せた風体《ふうてい》の売り子が登場するが、実際の売り子は笠で顔を隠し、捕手が来ないか見張る相棒と二人組で行動していた。黒船が来航して幕府の力が目に見えて弱まってからは幕府を批判したりバカにしたりする読売も出てきたが、本書の時代はまだ読売が表立ってお上《かみ》に逆らうことはなかったと言っていい。

ことほどさように、本書はしっかりした考証の上に書かれている。実在の人物や菓子の情報もしかり。だがすべて史実通りにすればいいわけではない。エンターテインメントである以上、そこには事実とわかりやすさのせめぎ合いがある。いくら史実通りでも、当時の話し言葉・書き言葉をそのまま載せたのでは現代の読者にはほぼ通じないのだから。

吉が書く読売の記事に注目願いたい。この時代、江戸の識字率は高かったとは言え、読み書きができることと人に読ませる文章が書けるというのはイコールではない。特に今より口語と文語がはっきり分かれていた時代で、文章を書くというのは特殊技能だった。吉は「とぉんと帖」を見初《みそ》められてスカウトされたわけで、つまりは「記事を書く文章力がある」と見込まれたことになる。本書には吉が書いた記事がいくつか出ているが、他の部分の地の文やセリフとは口調を変えて違いを見せつつ、文法は現代風に変えて読者をおいてきぼりにしないわかりやすさを保っていることに気づくだろう。

緻密《ちみつ》な考証と細やかな工夫。これが物語に厚みを与えている。本書がお吉の成長小説であることは論を俟《ま》たないし、怪我をした少年の一件から大きな事件に発展するあたりの構成は捕物帖としても実に見事。甘味の描写も実在の人物たちの使い方も堂に入ったもので、どこをどうとっても面白いと太鼓判を推《お》せる作品だが、その土台には、自身もまたライターを長く勤め、ものを書くとはどういうことかを身を以《もっ》て知っている著者ならではの地道な積み重ねがあるのだということを、お伝えしておきたい。

五十嵐佳子だからこそ書ける、時代のリアル、読売稼業《かぎょう》のリアル、そしてお吉のリアルが、ここに詰まっている。

わすれ落雁

一〇〇字書評

切り取り線

購買動機（新聞、雑誌名を記入するか、あるいは○をつけてください）	
□（　　　　　）の広告を見て	
□（　　　　　）の書評を見て	
□ 知人のすすめで	□ タイトルに惹かれて
□ カバーが良かったから	□ 内容が面白そうだから
□ 好きな作家だから	□ 好きな分野の本だから

・最近、最も感銘を受けた作品名をお書き下さい

・あなたのお好きな作家名をお書き下さい

・その他、ご要望がありましたらお書き下さい

住所	〒				
氏名		職業		年齢	
Eメール	※携帯には配信できません	新刊情報等のメール配信を 希望する・しない			

この本の感想を、編集部までお寄せいただけたらありがたく存じます。今後の企画の参考にさせていただきます。Eメールでも結構です。

いただいた「一〇〇字書評」は、新聞・雑誌等に紹介させていただくことがあります。その場合はお礼として特製図書カードを差し上げます。

前ページの原稿用紙に書評をお書きの上、切り取り、左記までお送り下さい。宛先の住所は不要です。

なお、ご記入いただいたお名前、ご住所等は、書評紹介の事前了解、謝礼のお届けのためだけに利用し、そのほかの目的のために利用することはありません。

〒一〇一－八七〇一
祥伝社文庫編集長　坂口芳和
電話　〇三（三二六五）二〇八〇

祥伝社ホームページの「ブックレビュー」からも、書き込めます。
http://www.shodensha.co.jp/bookreview/

祥伝社文庫

わすれ落雁《らくがん》　読売《よみうり》屋《や》お吉《きち》甘味帖《かんみちょう》

平成30年 6 月20日　初版第 1 刷発行

著　者　五十嵐佳子《いがらしけいこ》

発行者　辻　浩明

発行所　祥伝社《しょうでんしゃ》
東京都千代田区神田神保町 3-3
〒101-8701
電話　03（3265）2081（販売部）
電話　03（3265）2080（編集部）
電話　03（3265）3622（業務部）
http://www.shodensha.co.jp/

印刷所　堀内印刷

製本所　ナショナル製本

カバーフォーマットデザイン　中原達治

 ISBN978-4-396-34421-4 C0193